Roberto Blanco, aliás Berl Schvartz

Equipe de realização – Capa: Nahum Levin; Ilustrações: Meiri Levin; Revisão: Ingrid Basílio; Assessoria Editorial: Plinio Martins Filho; Produção: Ricardo W. Neves e Adriana Garcia

ELIEZER LEVIN

ROBERTO BLANCO, ALIÁS BERL SCHVARTZ

Ilustrações
Meiri Levin

EDITORA PERSPECTIVA

Copyright © by Eliezer Levin 1997

Dados Internacionais de Catalogação na Publicação (CIP)
(Câmara Brasileira do Livro, SP, Brasil)

Levin, Eliezer
  Roberto Blanco, aliás Berl Schvartz / Eliezer Levin ; ilustrações Meiri Levin. – São Paulo : Perspectiva, 1997.

  ISBN 85-273-0107-5

  1. Contos brasileiros I. Levin, Meiri. II. Título

97-1772   CDD-869.935

Índices para catálogo sistemático:

1. Contos : Século 20 : Literatura brasileira   869.935
2. Século 20 : Contos : Literatura brasileira   869.935

EDITORA PERSPECTIVA S.A.
Av. Brigadeiro Luís Antônio, 3025
01401-000 – São Paulo – SP
Tel.: (011) 885-8388
Telefax: (011) 885-6878
1997

SUMÁRIO

Roberto Blanco, aliás Berl Schvartz	11
Novas Esperanças	17
Negócios Rendosos	23
O Pecado de Fischl Goldman	29
Uma Estranha História de Calças e Camisas	33
Testamento Judaico	39
A Lápide	43
Nas Ondas do Rádio	49
O Filho de Shprintze Leie	53
Sherlock de Saias	59
Uma Pequenina História de um Grande Amor	65
Recontando para o meu Filho Adolescente	69
O Alef	75
Feliz Aniversário	79
O Estigma da Sogra	85
Questão de Pontualidade	91
Reflexos Baixos	97
Que me Perdoe o Cacique	103

Preservativos de Ontem 109
Não Esquente a Cabeça 115
Diálogo Doméstico em um Ato 121
A Viagem de Dona Ruchl 125
Histórias com Sabor Judaico 137
Nomes Judaicos 141

GLOSSÁRIO 147

*Onde está o caminho para onde se difunde a luz
e se espalha o vento oriental sobre a terra?*

Jó, 38.24

ROBERTO BLANCO, ALIÁS BERL SCHVARTZ

Berl Schvartz – mais conhecido, em outros tempos, pelo nome artístico de Roberto Blanco, quando atuava como humorista nos shows dos cassinos ou dos teatros burlescos de cidades como Buenos Aires, Rio de Janeiro, Montevidéu ou Havana – mirou-se atentamente no espelho que ficava pendurado acima da cômoda no meio de uma parede cheia de retratos e cartazes autografados, ali naquele pequeno quarto do Asilo. Achou-se bem elegante, metido em seu velho paletó xadrez, com camisa branca social e gravata colorida. No pouco cabelo que lhe restava, sobretudo nas têmporas, passara boa camada de brilhantina, conforme seu costume. Cobriu com a mão a parte do queixo que ficara deformada desde aquele fatídico "derrame" e olhou-se de novo. "De jeito nenhum aparento ter oitenta anos; no mínimo, uns quinze a menos, e olhe lá", concluiu satisfeito. Estava excitado com a perspectiva de participar, dentro de pouco, do jantar festivo para o qual fora convidado. "Vou cair na farra: comida das melhores, vinhos estrangeiros e ambiente de primeira!" Deu uma piscada de olhos para a Josefine Baker, que, de um dos cartazes, ria para ele maliciosamente. Depois, fechou com cuidado a porta e saiu pisando firme pelo

longo corredor, para onde davam também dez outros quartos como o seu. Esta era a ala mais pobre do Asilo. Todas as portas estavam fechadas. "Ah, meus velhos! Com certeza já devem estar dormindo ou tentando dormir", pensou consigo.

Próximo do *hall* do elevador, deu com um dos vizinhos, que estava de pijama, circulando por ali. "Não demora, esse chato do Meier irá me pedir um cigarro; ele está aí especialmente para isso". Não havia como desviar-se dele.

– Então, Schvartz, você vai pra algum lugar?

O rosto de seu interlocutor tinha uma palidez doentia e demonstrava aflição.

– Sim, estou indo.

– Já se vê que vai. Que lugar é esse?

"O que é que ele tem com isso?" Olhou-o direto nos olhos e respondeu com má vontade:

– Uns amigos me convidaram para a ceia do *Pessah*.

– Não diga! Você teria por acaso um cigarrinho?

Quando a porta do elevador se abriu, Berl murmurou um "boa noite", entrou depressa na cabine e apertou o botão. "Livre de mais um chato; vamos ver se me livro de outros que devem estar rondando a portaria, se é que já não se retiraram para dormir".

Felizmente não havia ali ninguém, a não ser o porteiro noturno, seu João, um velho negro com quem se dava bem.

– Você está de verdade elegante, Schvartz! Vai pra algum lugar?

– Vou passar a noite com uns amigos. Como você sabe, hoje temos a ceia de *Pessah*, a nossa festa da liberdade.

– Sim, sei o que é isso. A Páscoa dos judeus, não é?

– Exatamente – ele puxou do bolsinho interno do paletó um maço de cigarros quase vazio, escolheu um com todo o cuidado e acendeu-o. – Não vai me pedir a licença de saída, João?

– Você tem a licença?

– Claro – ele respondeu, tirando de outro bolso um papel. – Como vai sua velha, João? Ela ainda dá no couro?

O porteiro riu, mostrando seus dentes brancos; depois perguntou, curioso:

– É longe daqui, a festa?
– É longe, sim, mas não tem importância. Você vai ver o *big* carro com que me virão buscar!
Ambos instintivamente olharam para fora por entre as barras grossas do portão de ferro. A rua estava vazia e silenciosa. A noite era clara, com uma leve brisa desmanchando o calor do dia. No céu, a lua cheia vinha aparecendo e desaparecendo por entre as nuvens.
– Já lhe contei aquela anedota do casal de velhos que tentava apagar a chama de uma vela?
– Ah, essa você já me contou. Os velhos desdentados não a conseguiam apagar. É muito boa – o negro soltou de novo sua risada.
– Sabe, reuni hoje um bom estoque delas para contar lá na casa dos meus amigos.
– Você vai ter muito sucesso. Que amigos são esses, Schvartz?
– Então quer saber quem são meus amigos? Conheci-os justamente no velório do pai, aqui no Asilo. Gosto muito dos Clugman. Gente fina!
Na verdade, não lhe fora tão difícil cair nas boas graças daqueles dois irmãos Clugman, um deles industrial, e outro, engenheiro, ambos sabidamente prósperos. A armação dele foi perfeita: estavam pesarosos com a morte do velho pai, e ele, Berl, ao se apresentar perante os dois no velório, com uma expressão de dor pela grande perda do amigo, já sabia que ia dar certo. Contou-lhes as passagens que tivera com o falecido na sua última semana de vida, e de como este falava constantemente dos filhos e dos netos. A noite toda passara na companhia deles, sem se afastar do velório; trouxe-lhes uma garrafa térmica cheia de café quente, para que se servissem durante a vigília. Este detalhe também os conquistara. Quando o féretro partiu pela manhã, não deixou de derramar copiosas lágrimas, sem dúvida sinceras. Sim, ele os havia conquistado.
– Será que todos nesta casa já estão dormindo, João? É uma noite tão bonita!
– É verdade, Schvartz.
– Sabe de uma coisa? – ele se riu com a seriedade do porteiro e com a idéia que lhe viera à cabeça. – Não conheço nenhum negro capaz de pronunciar corretamente o meu nome tal como você!

Suas palavras ecoaram no meio do grande silêncio que ali reinava. De súbito, atraídos por um movimento que vinha de fora, ambos desviaram a cabeça. O porteiro arregalou os olhos ao avistar os grandes faróis acesos de um automóvel de luxo que vinha mansamente se encostando ao meio-fio.

– Será este o carro, Schvartz?

– Deixe-me ver – ele aproximou a cabeça da grade de ferro para observar melhor. – Sim, veio para me apanhar. Gente fina, os Clugman!

Antes de sair, passou a mão no cabelo reluzente e ajeitou seu elegante paletó. Depois, fez um gesto largo de despedida para o negro, que sorria para ele.

– Bem, lá vou eu. Boa noite, amigo, não vou esquecer de trazer-lhe alguma coisa da ceia. Sabe, o nosso *Pessah* é uma bela festa.

E Berl Schvartz, aliás Roberto Blanco, após cruzar o umbral do Asilo, saiu para a noite pisando macio e assobiando de leve um velho foxtrote.

NOVAS ESPERANÇAS

Com boa antecedência, a diretoria de nossa Sinagoga (conforme vem se repetindo invariavelmente nos últimos anos) começou também este ano a manifestar preocupação com o fato de ainda não ter um *hazan* para as *Grandes Festas*. O velho problema de sempre: quando aparece um "bom candidato", o dinheiro em caixa (e o mais que se possa levantar na melhor das hipóteses) não dá para tanto; é preciso, pois, contentar-se com um profissional apenas razoável e que seja, na mesma medida, razoável em suas pretensões financeiras. O quanto razoável isso possa ser – eis a grande questão com a qual a diretoria tem de defrontar-se.

Na verdade, nossa Sinagoga dispõe de uma comissão de *experts* incumbida de tratar desse tipo de matéria; e dela, o próprio Presidente faz parte como sua "alma pater". Trata-se, para nós, de uma questão crucial, se é que estão me entendendo. Os nossos freqüentadores, embora sejam modestos no que se refere às suas contribuições financeiras, em compensação entendem um bocado de *hazanut* e sabem fustigar como ninguém qualquer diretoria que não contrate um *hazan* à altura. Por isso cada membro da dita comissão tem de ser e é, em

última análise, um profundo conhecedor (um *meivin*, como se diz entre nós) dessa arte complexa chamada *hazanut*. Um estará sempre muito atento ao tipo de voz (tenor, barítono, baixo), bem como ao seu *"nigun"* e ao seu ritmo sutil; outro, à sua resistência física (detalhe, aliás, muito importante); outro, à sua idoneidade moral (não é preciso comentar este ponto). No período nervoso que precede às *Grandes Festas*, cabe à comissão reunir-se tantas vezes quantas forem necessárias para acompanhar e analisar os chamados "testes" a que são submetidos os eventuais candidatos; estes, na verdade, não são em grande número, como seria desejável, pois *hazanim* rareiam nos dias de hoje. Para se entender o significado amplo desses "testes", é preciso que se explique bem o desenrolar deles. O "teste" tem de ordinário quatro fases. A primeira consiste em a comissão "ouvir" atentamente o candidato, que por sua vez se esmera em cantar o melhor do seu repertório; aí todos os membros ouvem e não dizem nada. A segunda fase é a de "ouvir" tudo de novo para dirimir dúvidas. A terceira fase (muito delicada) é a de "ouvir" o candidato falar a respeito de seus honorários. Conhecidas as pretensões máximas e mínimas dele, os membros da comissão se reúnem em outro local, discutem muito entre si e cada um sustenta sua posição; nesse ponto, fala-se muito em crise, em verbas disponíveis e indisponíveis, etc., etc. Há um membro vitalício da comissão, o Meierque, que inexplicavelmente repete sempre um estranho argumento para o qual o restante do grupo nunca tem réplica à altura – "Verba para mim é palavrão", diz ele –, e quando o Presidente lhe pergunta como se faz sem o tal palavrão, o Meierque não responde, ofende-se e se fecha em copas. Finalmente, chega-se à quarta e última fase. Se a terceira é delicada, a quarta, justamente a que se destina a escolher dentre a comissão quem irá informar ao candidato a decisão tomada, esta sem dúvida é a mais sofrida de todas.

Para se ter uma idéia do grau de tormento que domina a cabeça de todos os membros da dita comissão, vou contar-lhes em resumo o que aconteceu no ano passado. No ano passado, por volta do mês de agosto, quando já se estava no quinto ou sexto "teste", sem nenhum resultado prático e o desespero tomando conta de todos, foi só aí e nessas circunstâncias especiais que lhes surgiu realmente uma bendita luz de esperança no fundo do túnel ou do poço, como queiram. Apareceu-lhes um candidato, vindo de alguma parte do nosso grande país, ao que se supunha do Sul. Era um *sefaradi*, franzino e enigmático.

Mais do que depressa marcou-se uma reunião com ele, no próprio local da Sinagoga. E, na primeira fase do "teste", a comissão achou que o *sefaradi* não era de todo mau; desafinava um pouco, é verdade, mas, por outro lado, revelava certo "sentimento", conforme ponto de vista defendido por dois dos membros mais experientes, Berque e Velvl. Passou-se imediatamente à segunda fase: o candidato desafinou um pouco menos e o tal "sentimento" ficou um pouco mais evidente. Aí então o Presidente chamou a comissão de lado e discutiu a questão toda de forma objetiva: "Tinha de ser este o homem, não havia outro e não havia mais tempo". E propôs: "Vamos ao que interessa: a terceira fase". E, na terceira fase, a tal fase delicada dos honorários, o enigmático candidato, para surpresa de todos, não desafinou nenhuma vez; pelo contrário, manteve uma nota alta. Discutiu-se e pechinchou-se muito. O *sefaradi* não arredava pé de sua posição; apenas olhava em silêncio para seus interlocutores. O impasse só pôde ser resolvido quando os membros da comissão, dada a urgência do caso, optaram por uma "verba" pessoal, que cada um desembolsaria em prol do bem-estar da Sinagoga (inclusive o Meierque, para quem verba e palavrão eram a mesma coisa).

"O Altíssimo há de nos ajudar", concluíram todos aliviados. Mas, satisfeitos inteiramente não ficaram, esta foi a verdade. E por quê? Primeiro, porque a Sinagoga sendo *ashkenazi* e o *hazan, sefaradi*, era preciso, conforme exigência deste último, uma pequena adaptação das rezas; segundo ponto, ainda não estavam muito convencidos quanto à voz estranha do *sefaradi*, que durante as duas primeiras fases do "teste" lhes parecera algo descontrolada (às vezes elevava-se demais, outras, por razões desconhecidas, caía demais e de repente); terceiro ponto, a constituição franzina do homem metia-lhes medo, muito medo mesmo, franzino demais para tão longas e importantes orações.

E o que aconteceu? Chegados os *Grandes Dias*, a nossa Sinagoga, com a graça de Deus, encontrava-se literalmente lotada, tanto na parte masculina, como na feminina. Como se pode imaginar, havia por parte de todo o público uma grande expectativa em torno do novo *hazan*.

E foram de fato momentos de tensão e angústia pelos quais passaram o Presidente e os membros da comissão. Estes, ao ouvirem as primeiras notas entoadas pelo *hazan*, ficaram logo alarmados e não acreditavam em seus ouvidos. O homem estava diferente. A princípio trocaram olhares entre si, depois não se olharam mais. Toda vez que a voz dele, por força de seu virtuosismo, despencava para os pontos mais baixos da escala, era um tal de cada um cobrir inteiramente a cabeça com seu *talit*.

– Berque – explodiu o Presidente –, o que está acontecendo com ele?

Berque, o membro da comissão que de longe reconhecia a qualidade de uma voz (tenor, barítono, baixo), estava com o rosto pálido.

– Creio que o nosso homem está se aquecendo – balbuciou ele numa vã tentativa de esfriar as coisas.

Passada a fase inicial, que durou uma eternidade, a situação não havia se alterado muito. O *sefaradi* continuava estraçalhando. E não se fale mais aqui de *nigun*, nem de "ritmo sutil", nem de *ivrit*, nem de "sentimento", nem de nada. Um burburinho cada vez maior já começava a percorrer toda a assembléia.

– Velvl – rompeu desesperado o Presidente, voltando-se para esse da comissão que fora o primeiro a detectar o detalhe do "sentimento" –, vá ver se ele está passando bem.

O Velvl, ele próprio não estava passando bem; tinha os olhos apagados. Nesse instante o *sefaradi*, como que tomado por forte emoção, tentou uma espécie de agudo.

– *Gvald*! – berrou Velvl, cobrindo-se com o *talit*.

A essa altura o burburinho já não era burburinho. Algumas pessoas começavam a avançar. Por várias vezes, o Presidente, ele próprio, aproximou-se do *sefaradi* e tentou sussurrar-lhe alguma coisa na base do ouvido; não tendo adiantado, voltou à carga com mais ímpeto: "Sr. Ezra, virtuosismos de lado; por favor, mais simples e mais breve". Mas também não adiantou, o *sefaradi* estava empolgado e não ouvia nada.

O burburinho dera lugar à balbúrdia. Houve novas investidas por parte do Presidente e até mesmo de outros membros da comissão. O Meierque chegou-se ao homem e, em voz de falsete, ameaçou-o de não lhe pagar um centavo. O *sefaradi*, contudo, não ouvia ninguém, tal a sua concentração.

É inútil continuar descrevendo o que tudo isso foi até o final: foi um desastre! E o desastre atingiu o paroxismo quando a certa altura aquela voz cansada e descontrolada começou a sumir, a sumir e, de repente, sumiu. O franzino *sefaradi* desfaleceu de todo. Carregado às pressas para o subsolo, deram-lhe água com açúcar e o esfregaram o quanto puderam. Uma vez recobrada a consciência, deixaram-no ali para se refazer. E o próprio Presidente, improvisado de *Baal-Tefilá*, ainda que aos trancos e barrancos, procurou cumprir a missão sagrada de levar ao fim o restante das orações do *Grande Dia*.

Mas esta história ainda teve um pequeno e interessante epílogo. Poucas horas depois de encerrados os serviços religiosos, ficando a Sinagoga vazia e erma (não podem imaginar os protestos que se ouviram), o nosso *shames*, o velho Sholem, teve de voltar para recolher algumas coisas. E então, de repente, ouviu alguém se debatendo e gritando por trás do portão do subsolo, este totalmente trancado. Adivinhem quem era? Sim, era nada menos que o nosso pobre *hazan*, esquecido completamente, tal a pressa com que todos caíram fora.

Bem, não é preciso dizer que já estamos com uma nova comissão. Aliás, esta comissão, conforme anda circulando, tem uma filosofia de trabalho diferente. E com ela, a despeito das preocupações, vão ressurgindo entre nós esperanças novas. São de fato esperanças novas e revigorantes. Amém.

NEGÓCIOS RENDOSOS

Eram tempos bicudos aqueles: não se ganhava fácil a vida. Éramos todos pobres (ou, como diria meu pai, *captzonim*), mas, nem por isso, menos dignos ou menos otimistas. Em compensação, nivelados por baixo, gozávamos de uma confortável igualdade. Cada emprego, cada trabalho, cada bico, por mais humilde que fosse, era valorizado, e tínhamos sem dúvida empregos, trabalhos e bicos muito curiosos. Por isso ninguém entre nós chegou a estranhar quando Tio Fishl, um de meus tios prediletos, anunciara que estava montando um ponto de pentes.

– Só aqui em São Paulo temos mais de um milhão de habitantes – declarou Tio Fishl –, e a grande maioria usa pente.

Ele próprio era careca; não careca de todo, tinha alguma coisa para pentear, e devo dizer que o fazia muito bem. Aliás, dessa data em diante passou a fazê-lo melhor ainda.

– Se eu não me pentear direito, valorizando assim o meu produto, quem comprará pentes de mim? – comentava com certa lógica.

No primeiro fim de semana, quando recebemos lá em casa a visita cordial dos tios Fishl e Fruma, a conversa só girou em torno desse novo negócio. Tio Fishl disse para meu pai:

— Você não pode imaginar o quanto este simples objeto chamado pente é importante. Quem, a não ser um louco, pode apresentar-se descabelado? Naturalmente todos o usam. O pente, de fato, é um artigo imprescindível.

— Está dando algum lucro? — perguntou-lhe meu pai.

— Vai dar. Ora, com um milhão de habitantes...

No outro fim de semana, ele já acrescentava eufórico:

— Tive mais uma idéia, e acho que ela me vai ampliar bastante o negócio. Além dos pentes, vou pôr à venda cremes e brilhantinas. Descobri que esses artigos estão muito entrosados entre si e é preciso explorá-los juntos. Dura Lex sed Lex, no cabelo só Gumex!

— Que é isso? — meu pai quis saber.

— É um produto novo para fixar o cabelo; o cabelo fica feito uma armadura.

Ninguém podia prever até que ponto a nova atividade de Tio Fishl o levaria. Pelo menos a confiança e o entusiasmo dele eram grandes.

Naqueles tempos vivíamos em casas acanhadas, mas ainda assim sempre dava espaço para mais um, e tinha que dar: parentes que vinham de fora à procura de trabalho, na grande cidade, costumavam alojar-se conosco até arrumarem as suas próprias moradas. Isso era muito comum. Depois, já instalados em suas casas de aluguel, passavam a ter vida autônoma igual à nossa, isto é, cheia de pobreza. Lembro-me quando nos chegou a prima Raquel. Nossa casa, coincidentemente, estava abarrotada, e a solução, após muitos debates, foi ela ir morar com os meus tios Fishl e Fruma, que não possuíam filhos. A prima Raquel tinha dezessete anos: uma jovem esperançosa e cheia de vida. A família mobilizou-se para arrumar-lhe um emprego; e, de fato, ela começou logo como balconista, e mais tarde como caixa numa grande loja de confecção da José Paulino. O que ninguém esperava é que a partir daí meu Tio Fishl fosse cobrar dela uma pensão.

— Eu acho isso muito justo — declarou ele ao meu pai. — Cada um de nós tem de pagar a sua parte.

Minha mãe, que não concordava em absoluto com essa posição, tentou protestar, mas meu pai mandou que ela se calasse. Mais tarde, ainda não conformada, voltou ao assunto:

— Você acha justo ele cobrar pensão da pobre Raquel?

– Pelo que sei, Fishl não está bem em seu negócio de pentes, e a Raquel é uma jovem forte e saudável – respondeu-lhe meu pai secamente.

De fato, Tio Fishl nessa ocasião tinha começado a mudar de ramo. Por várias razões seu negócio de pentes dera para trás; seus cálculos aparentemente não haviam batido com a realidade. Ele agora estava se candidatando a um cargo de cobrador de uma entidade comunitária.

– O negócio não é de todo mau – confiara ele a meu pai. – Terei uma percentagem razoável sobre toda a cobrança. É impressionante o número de contribuintes dessa organização!

Eu, que já era estudante de ginásio, por incumbência de meu pai fui ajudar o Tio Fishl a organizar os seus cartões de cobrança, divididos em numerosos endereços. De fato, era uma quantidade imensa. Começamos por espalhá-los no chão do dormitório, que era o quarto maior da casa, depois avançamos pelo corredor e, finalmente, chegamos à cozinha, e ainda havia um montão deles em várias caixas. A idéia era primeiro agrupar pela ordem todos os contribuintes que fossem moradores de uma mesma rua, e depois disso, distribuir essas ruas todas conforme um roteiro geográfico que facilitasse o trabalho de cobrança. Houve um momento em que ficamos literalmente perdidos naquele universo de cartões e, se não fosse por Tia Fruma, que acabou entrando na jogada aos gritos, estaríamos até hoje os arrumando e organizando.

Passou-se um largo período, sempre com a prima Raquel morando com eles. Na verdade eles a adoravam e tratavam com o amor que se tem por uma filha. Nessa altura, Tio Fishl, que já havia passado por várias atividades comerciais, agora labutava numa Tipografia, imprimindo cartões de toda espécie. Eram cartões de visita, cartões de Ano Novo cristão e judaico, cartões comerciais, e até mesmo (uma novidade criada por ele) cartões de namorados. Nesta última categoria ajudei-o com alguns versos de minha própria lavra. Lembro-me de um: "Todas as manhãs as flores falam de ti..."

Por falar em namorados, minha prima Raquel já tinha um. Aliás, esse namoro, que era sério, estava, ao que todos comentavam, se encaminhando para um bom casamento.

Quando ela anunciou que queria realmente casar-se, a família entrou num rebuliço. Era preciso agora arrumar para a noiva, como é de costume, um enxoval. Isso era o mínimo que se podia fazer por ela. Reunidos todos os tios e tias, discutiu-se uma espécie de cotização. E foi aí que o Tio Fishl fez a sua grande intervenção.

– Não há a menor necessidade de ajuda de ninguém – declarou ele, para espanto de todos.

– Como, não há?! – gritou minha mãe.

Tio Fishl sacou do seu bolso uma caderneta da Caixa Econômica e a exibiu.

– Esta caderneta que vocês vêem está em nome da Raquel, e ela não vai precisar nada de ninguém.

Sim, era para essa caderneta que ia todo aquele dinheiro da pensão. Por alguns instantes fez-se um grande e pesado silêncio, todo ele prenhe de emoções. De fato, este foi um surpreendente lance do Tio Fishl!

Aconteceu que poucos meses após esse casamento, aliás festejado condignamente, meus tios Fishl e Fruma, por motivos aparentes de saúde, mudaram-se para Santos, essa bela cidade litorânea de São Paulo. Lá pretendiam iniciar vida nova.

E já na primeira carta para meu pai, dando-lhe notícias de sua recente atividade, Tio Fishl escrevia:

"Santos, com suas encantadoras praias, tem mais de 150 mil habitantes e todos por aí, homens, mulheres e crianças, usam invariavelmente calção de banho... Isso me pôs logo de orelha em pé. Já comecei a bolar o meu novo negócio. Desta vez, meu caro, vou acertar na mosca..."

O PECADO DE FISCHL GOLDMAN

Fischl Goldman estava perplexo diante daquele grupo de Anjos que examinavam meticulosamente sua ficha. Pareciam mais burocratas de uma repartição pública. Não era bem assim que imaginava as coisas no Céu. Tudo ali era diferente do que supunha ou mesmo do que vira em quadros e ilustrações. Em primeiro lugar, nenhum deles tinha asas, e seus rostos eram aparentemente muito humanos. Comunicavam-se entre si num linguajar moderno e sem muito formalismo.

Mas por que será que examinavam tanto a sua ficha? Alguma coisa estranha devia haver nela; eles a passavam de mão em mão, e não escondiam uns ares de espanto. Até que um deles, provavelmente o líder, aproximou-se e lhe disse:

– Eu sou aqui o chefe da Admissão. Já tive diante de mim milhares de casos, mas garanto-lhe que faz muito tempo que não me defronto com uma ficha igual à sua.

Fischl Goldman ficou esperando ansioso pela sentença que seria proferida. Será que seu caso era tão terrível assim?

– Poderia afirmar – continuou o chefe dos Anjos, olhando-o curiosamente – que já faz pelo menos uns oito a nove séculos que não

temos um caso semelhante. Você, em toda a sua vida, não cometeu um pecado sequer?

Fischl Goldman sorriu aliviado. Na verdade nunca dera muita importância a esse assunto de "pecado"; vivera sempre com simplicidade e seguira sua tendência natural, que era justa, correta e bondosa. Respondeu com timidez:

– Ora, vivi virtuosamente, como aliás deve fazê-lo todo bom judeu.

– Sim, mas nenhuma pequena falta? Nem um pecadinho? – assombrou-se o Anjo. – Só *mitzvot* que você praticou! Todas as 613 *mitzvot*?

Fischl, desconfiando daquele tom de voz, tentou desculpar-se:

– Para lhe ser franco, se é verdade que cumpri todas as *mitzvot*, não tive consciência delas. Posso lhe assegurar que tudo não passou de uma grande coincidência.

O Anjo coçou a cabeça, não acreditando no que ouvia.

– Mas mesmo assim, de acordo com nosso regulamento interno, isso não lhe tira o efeito nem o mérito. Um caso como o seu, quero que saiba, só pode ir a julgamento num Tribunal Superior. E não é todo dia que se pode convocá-lo. Entenda bem: seu caso é realmente raro; às vezes só ocorre num milênio.

Ao ouvir tais palavras, que lhe pareceram dúbias, Fischl Goldman ficou mais perplexo. Por fim atreveu-se a perguntar:

– E nesse caso, o que irá acontecer comigo?

– Não se preocupe, apenas o seguinte: enquanto o Tribunal estiver impedido de se reunir, você ficará vagando por aí.

Diante disso, Fischl encheu-se novamente de coragem e tornou a perguntar:

– E essa espera é demorada?

– Ora, o que é demora para nós? Talvez um ano, talvez um século, talvez um milênio. Garanto-lhe que o tempo aqui não tem a menor importância.

Fischl estremeceu. Ficar vagando entre o Céu e a Terra um tempão todo desses! Não, isso não lhe agradava em nada. "Ah, se eu pudesse voltar à Terra e cometer pelo menos um pecadinho...", pensou consigo, sem muito alento.

Mas mal acabara de pensar, o Anjo, como lhe lendo o pensamento, propôs:

– Sim, posso mandá-lo de volta à Terra por doze horas. Apenas doze horas. Deixo por sua conta decidir o que deverá fazer. Mas, veja bem, só por doze horas... Concorda?

Ele não titubeou um só momento, anuindo energicamente com a cabeça. O Anjo soprou de leve e, em menos de uma fração de segundo, Fischl estava de volta à Terra, bem no meio de seu bairro.

Era noite e fazia muito frio. Nenhuma alma viva nas ruas. Tudo fechado. Ficou perambulando solitariamente de um lado para o outro. Que pecado poderia cometer? – perguntava-se. Pelo menos um sem muita importância. Recapitulou os Dez Mandamentos para ver se havia alguma coisa menor, mas não lhe apetecera desrespeitar nenhum deles. Toda a sua natureza se revoltava só de pensar que pudesse agir de um modo diferente. Mas era preciso escolher ao menos um. Um só pecadinho...

Surgindo das sombras de uma esquina, avistou o vulto de uma mulher. Quem poderia estar vagando nesta hora tardia da noite? Ora, ora, era nada menos que a Shoshana, a meretriz, que fazia sua ronda costumeira.

– Fischl Goldman! – surpreendeu-se ao dar com ele. – Que bom encontrá-lo! O que faz você por aqui?!

Fischl fitou-a nos olhos escuros, que eram melancólicos e cercados por rugas e fundas olheiras, e mal reconheceu esse rosto que fora tão bonito outrora. Ela lançou-lhe um sorriso cativante, cheio de calor e carinho. Depois, foram andando juntos por algum tempo, até que Shoshana tomou a liberdade e sugeriu que, se ele quisesse, poderia passar a noite com ela em seu pequeno quarto. Eis, pois, como o destino imprevisível lhe ofereceu essa oportunidade única!

E, para dizer a verdade, foram momentos agradáveis que ele por fim passou com a Shoshana. Quem diria que graças a uma mulher dessas ele poderia afinal ter um lugar no Céu sem maiores delongas. E assim pensando, começou a se vestir, quando um comentário dela gelou seu sangue. Deitada na cama, acompanhando seus movimentos, exclamou suspirando:

– Oh, Fischl Goldman! O que você fez comigo esta noite foi uma verdadeira *mitzvá*...

UMA ESTRANHA HISTÓRIA DE CALÇAS E CAMISAS

Eu havia sido convidado pessoalmente pelo Presidente da Sinagoga, que é meu amigo de longa data. Ia-se acender naquela noite a terceira velinha de *Hanucá*. Como fosse *erev Shabat*, a cerimônia contava com a presença do grande *hazan* Shiel Solon e de seu harmonioso coro. Naturalmente eu não poderia faltar a um acontecimento desses. Por isso saí cedo do escritório e acabei chegando antes de abrirem as portas. Mas não fiquei sozinho por muito tempo; logo veio juntar-se a mim outro freqüentador. Era alguém que eu conhecia vagamente; seu rosto, de certo modo, me era familiar.

– Então você não se lembra de mim? – ele me perguntou.

Estava vestido festivamente, de paletó e camisa branca, como compete a alguém que se prepara para receber o *Shabat*. Disse-me seu nome e ficou aguardando minha reação, que não veio prontamente.

– Fui aluno de seu pai – ele adiantou-se.

A partir daí não tive dúvidas; era certamente um colega meu da escola primária com quem não me encontrava havia muito tempo.

– Um professor rigoroso foi o seu pai – acrescentou sorrindo. – Tenho saudades daqueles tempos.

Era do tipo loquaz e me contou uma série de episódios da nossa adolescência dos quais eu mal me lembrava.
– Você mora aqui mesmo no Bom Retiro? – perguntei.
– Nunca saí daqui.
Qual seria a atividade dele? – pensei comigo. Confesso que me passaram pela cabeça várias hipóteses: talvez fosse um contador, um comerciante, ou quem sabe, um engenheiro, por que não?
– Como vão seus negócios? – perguntei.
Fez-me um gesto de desânimo. Em poucas palavras contou que nos últimos anos trabalhara como zelador, ou melhor, como *shames*, em várias Sinagogas. Passara de uma para outra, dependendo das conveniências financeiras, e saíra-se muito bem nesse tipo de trabalho.
– Fiquei vários anos no *Talmud Toire* – disse-me sorridente. – Depois, o pessoal da Newton Prado comprou meu passe. Agora ando meio desempregado; a crise pegou-nos a todos.
Fez uma pausa e olhou-me no rosto, como querendo avaliar qual seria minha reação.
– Sua mãe também foi uma grande professora – acrescentou, dando mostras de conhecer toda a minha família. – Sabe, minha mulher foi aluna dela.
Declinou-me o nome da esposa, para mim desconhecida, e acrescentou:
– Sabe, estamos hoje separados. Vivo sozinho.
– Sozinho! E vocês não têm filhos?
– Temos, sim. Estão todos casados e já nos deram netos.
Desse momento em diante, não sei bem por que motivo, passou a me tratar cerimoniosamente por "senhor". A certa altura comentou:
– O senhor se surpreende? Quer saber por que me separei de minha mulher?
Naturalmente não era coisa que me dizia respeito, mas dada a ênfase com que me fez a pergunta, vi logo que não adiantava dizer que não.
– Pois vou lhe contar. É uma história que nem eu mesmo sei como se iniciou. Sempre que eu tinha de escolher uma das calças para ir ao trabalho, minha mulher se punha a discutir comigo e me dizia:

"Por que queres ir com esta?" Então, para satisfazer a vontade dela, eu a punha de lado e vestia outra. Está me entendendo?
— Estou começando a entender.
— Isso aconteceu durante muitos anos, e durante muitos anos procurei satisfazer as vontades dela. E ela, o que fez por mim? Adivinhe o que ela fez por mim.
— Não sei.
— Ela não fez nada por mim. Nunca procurou satisfazer as minhas vontades.

Por um momento pensei em perguntar-lhe quais eram afinal essas vontades, mas felizmente calei-me a tempo. Apenas ficou me olhando fixamente. Era um olhar bastante infeliz. Pensando melhor, achei que alguma coisa eu devia fazer por ele. Quem sabe, dar-lhe um conselho? O conselho de uma pessoa estranha como eu poderia ser-lhe útil de alguma forma. De acordo com a boa tradição judaica, é uma grande *mitzvá* fazer com que um casal brigado se reconcilie. Afinal, o que são umas calças? Por isso, com a melhor das intenções, pus-me de repente a citar vários preceitos judaicos de que me lembrava e concluí, arrematando:

— Afinal, vocês têm em comum filhos e netos. Não valeria a pena uma nova tentativa para viverem juntos?
— Acho que o senhor não me entendeu. Fizemos várias tentativas e nenhuma deu certo. Veja bem, sempre que eu me inclinava a escolher uma camisa para ir ao trabalho, ela se punha a discutir comigo e me dizia: "Por que justamente esta camisa?" Para mostrar a minha boa vontade, eu a punha de lado e vestia outra. Fiz tudo para satisfazer as vontades dela, e sabe o que ela fez por mim?

Eu naturalmente já sabia, mas era tão angustiante a pergunta formulada pelo homem, que tive de responder que não.
— Nada, ela não fez nada por mim! Ela nunca procurou satisfazer nenhuma de minhas vontades.

A essa altura já me ficara claro que se tratava realmente de um caso complicado. Mas felizmente chegaram logo outras pessoas e os portões se abriram. Fomos todos entrando e o perdi de vista.

Para concluir, devo dizer que não me arrependi em nada de ter vindo à Sinagoga. Foi uma noite esplêndida. Vocês deviam ter visto com que unção e musicalidade o *hazan* Solon e seu coro comemoraram aquela data maravilhosa de *Hanucá*. E teria sido para mim, confesso, uma noite das mais perfeitas não fosse pela lembrança incômoda que me ficou desse homem com sua estranha história de calças e camisas.

TESTAMENTO JUDAICO

Após o falecimento do pai, os dois irmãos, em respeito aos dias de luto da *Shivá*, durante todo esse período ficaram juntos na mesma casa. Normalmente separados pelas atividades e ocupações diárias, já fazia alguns anos que não conversavam tanto: coisas que lhes pareciam estar esquecidas e sepultadas voltavam à tona. "Você se lembra disso ou daquilo?", faziam perguntas um ao outro, apoiando-se na memória que cada um tinha dos fatos. E eram fatos de toda uma vida em comum já encerrada. Depois, como as horas se arrastassem lentamente, trataram de pôr em ordem os papéis e documentos deixados pelo falecido. Embora não houvesse realmente nenhum bem material para partilhar, sabiam que ele deixara um testamento escrito. Mas onde estaria? Não o encontravam em parte alguma por mais que procurassem. No último dia, quando o irmão mais velho revistava casualmente os livros de estudo do pai, enfileirados numa das estantes, viu escorregar das folhas de um deles um envelope fechado. Era o testamento. E assim os dois irmãos puderam inteirar-se da última mensagem que o pai lhes deixara, cujo texto, escrito em letras miúdas e trêmulas, é o que se segue:

"Testamento para meus filhos:
Desde a idade dos 18 anos, meus filhos, quando vim sozinho para cá, tenho vivido de acordo com o numerário de meu trabalho pessoal, de modo a não depender de ninguém, nem precisar de favores, nem tampouco ficar devendo a quem quer que fosse, a não ser ao Altíssimo, o criador do mundo, que me deu força, estímulo e fé. Permito-me, pois, neste momento, fazer o meu modesto balanço, sem ocultar nada.

Quero que saibam que desde o início, meus filhos, vocês foram o objetivo essencial de meus planos e de minhas esperanças. Esforcei-me ao máximo para dar-lhes aquilo que meus pais, infelizmente, não me puderam dar por força das circunstâncias daqueles tempos. Naturalmente vocês não me devem agradecimento nenhum por isso, mas tenho o direito de pensar que me lembrarão de modo positivo, com aquele sentimento partilhado por todos os filhos para com os seus pais. Quero que vocês saibam também que os castigos físicos que lhes infligi foram sempre dados pela minha mais extrema lealdade e dedicação, castigos que me custavam muito e me doíam no coração, fazendo-me por vezes chorar num canto, para que ninguém me visse. Esqueçam-se desses maus momentos e só se lembrem dos bons e alegres.

Nunca fui um praticante ortodoxo como o foram meus pais, mas sempre fui sincero e honesto em minha consciência; conservei-me um fiel respeitador das leis e tradições de Israel e cumpri o quanto pude as nossas *mitzvot*. Como sabem, eu rezava três vezes ao dia, só comia comida *casher*, ia à Sinagoga nos sábados e *iomin-toivim*, bem como nos dias de *kadish* pelos meus pais. Dediquei-me ao trabalho comunitário de acordo com minhas possibilidades. Se puderem, meus filhos, cumpram as tradições judaicas; sobretudo no *iom-tov* não deixem de ir à Sinagoga em companhia dos filhos, para que eles saibam e pratiquem nossas orações e *brachot*.

O principal que eu lhes peço encarecidamente, *Leman Aashem*: dêem aos seus filhos (meus netos) um ensino e uma educação tradicional, a fim de que não se misturem com os *goim* e não se influenciem por amigos ou parentes com tendências assimilacionistas; cuidem para que não freqüentem ambientes estranhos, cuidem para que saibam, entendam e pratiquem o judaísmo, conheçam a nossa história e a nossa cultura, sempre em prol de nosso povo e de nossa pátria espiritual. Em suma: que sejam e se conservem bons judeus, dedicados e conscientes, apesar das dificuldades que encontrem pela frente. Mas por isso mesmo, com a ajuda do Altíssimo, não lhes faltarão *naches*, alegria e verdadeira felicidade. Repito: este trabalho com a educação de seus filhos lhes será recompensado com satisfações e *brachot*.

Se tiverem possibilidades, e se suas esposas (minhas noras) concordarem, é de meu desejo que vocês algum dia vivam juntamente com os filhos em *Medinat Israel* – neste caso, que recaíam sobre suas cabeças muitas bênçãos e concessões do *Shomer Israel*.

Peço-lhes, meus filhos, que vivam entre vocês em paz e harmonia, amor e lealdade, que cada um ajude o outro o quanto for possível, que se perdoem sinceramente as faltas mútuas, e por isso Deus também os perdoará e abençoará.

Eu e sua mãe temos assentos já pagos em duas Sinagogas. Podem, pois, rezar tanto numa como noutra, como quiserem, mas o correto será freqüentar a Sinagoga que eu e o seu avô ajudamos a fundar e construir. Os atestados de posse estão numa das minhas pastas. Na mesma pasta encontrarão os certificados de propriedade do meu túmulo e da sua mãe (Quadra 48, túmulo 3 e 4).

Espero que vocês digam o *kadish* por mim do mesmo modo como o fizeram pela sua mãe, no dia em que eu também for chamado à sua presença. Não se esqueçam de dizer o *izkor* todos os *iomin-toivim* e no *Shloshá-regalim*. Quando um de vocês por algum motivo não puder fazê-lo, que pelo menos o outro o faça. Uma só coisa quero pedir-lhes: não contratem um estranho para que diga *kadish* por mim ou pela sua mãe, pois não faz jus à nossa honra o fato de um estranho ter de pedir pelas nossas almas, já que Deus nos doou filhos próprios que o pudessem fazer (frase hebraica...)

E por fim, quero agradecer e dar um *shabeiah* ao Altíssimo, *Boré Olam*, que me doou bons e dedicados filhos, os quais praticaram honesta e lealmente a *mitzvá* de prestar *Kavot* aos seus pais – e por isso que a bênção esteja convosco. De seu pai."

A LÁPIDE

Devo ao seu Simão, pai de um amigo meu, esta história que, na verdade, é um episódio real de sua vida. Contou-me, achando que eu poderia ajudá-lo com alguma espécie de esclarecimento.

Este episódio, ocorrido muitos anos atrás, só agora é que teve seu desfecho – começou ele. – Era eu então um garoto de treze a catorze anos, e meus pais, como alguns outros imigrantes que vieram para o Brasil, faziam parte das Colônias de Barão Hirsh, no Rio Grande do Sul. Não preciso lhe falar das dificuldades que todos os colonos tiveram no início, mas, em nosso caso, foi muito pior: houve a perda prematura de meu pai, ele morreu de um dia para outro.

Minha mãe, que contava apenas com seus filhos pequenos, teve de ir tocando, sozinha, seu pedaço de terra. Uma coisa, porém, a inquietava mais do que tudo: era o fato de a sepultura daquele homem, o pai de seus filhos, não dispor ao menos de uma lápide com a devida inscrição hebraica. Não havia na região ninguém que a fizesse. Um dia, como lhe disseram que se poderia obtê-la na cidade de Passo Fundo, decidiu viajar até lá. Embora nossos recursos fossem mínimos, e essa cidade ficasse a uma boa distância, ela teimosamente não

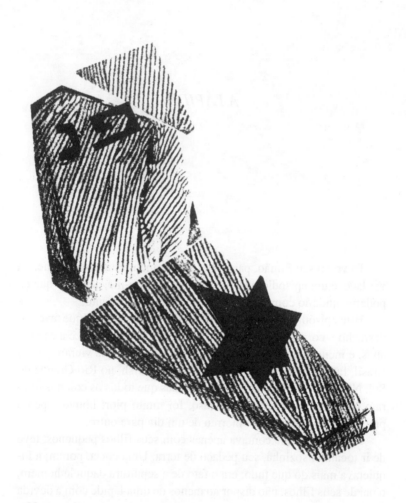

desistiu. Deixando os filhos menores aos cuidados de um vizinho, partiu apenas comigo, numa viagem que seria longa e penosa.

Após muitas peripécias, chegamos à cidade de Passo Fundo, que nos surpreendeu por seu tamanho. Minha mãe não perdeu tempo, pediu informações e dirigiu-se ao endereço que lhe fora indicado. O homem que a atendeu era um velho de poucas palavras. Mamãe fez-lhe a encomenda, sabendo exatamente o que queria: uma lousa de mármore, de sessenta centímetros de largura por cinqüenta de altura, com uma singela gravação em caracteres hebraicos.

– Poderia me dizer quanto isso vai custar? – perguntou-lhe ansiosa.

O velho coçou a cabeça, fez os cálculos e declarou o valor. A soma declarada era quase tudo o que mamãe trouxera consigo, sobrando-lhe apenas alguns trocados. Ela regateou, reduziu o tamanho da lousa e conseguiu um preço menor. Quanto à nossa hospedagem durante o tempo que nos cumpria esperar pela execução da lápide, seria num quarto nos fundos da própria oficina, e nós a teríamos sem nenhum dispêndio, como parte do negócio. Tão logo me vi a sós com minha mãe, eu lhe disse:

– Não ficarei aqui de braços cruzados, vou procurar um trabalho que nos dê algum dinheiro.

E tendo saído por aquelas ruas, após vagar um bom tempo, dei com uma pequena loja de roupas usadas. Junto à porta, sentado numa cadeira rústica, estava um senhor, com uma expressão que me parecia benevolente e amiga. Não tive dúvidas: pedi-lhe trabalho.

– De onde você é, meu jovem? – perguntou-me, enquanto me observava com todo o cuidado.

Quando soube de onde eu era, mostrou interesse por mim e me conduziu para as dependências de sua moradia, que ficava atrás da loja.

– Sara – gritou ele. – Venha cá, estou aqui com um *idisher boher*. Prepare-lhe um bom prato de comida, o guri deve estar com uma fome dos diabos.

Dona Sara, a esposa dele, era uma senhora meiga e me dispensou o maior carinho. Trabalhei para eles durante todos aqueles dias. Não só ganhando um salário que nos foi bastante útil, como também podendo economizar as despesas com minha alimentação. Fui tratado por esse casal, totalmente desconhecido para mim, dona Sara e seu Abraão, com uma ternura que eu não podia compreender. Mamãe só foi conhecê-los no dia em que partimos.

— A senhora tem um filho trabalhador — disse-lhe seu Abraão. — Eu e Sara gostamos muito dele, sempre sonhamos com um filho assim.

A viagem de volta não deixou de ser para nós outra odisséia, mas chegamos sãos e salvos. A satisfação de minha mãe não teve medidas quando a lápide foi instalada. Durante muitos anos, sempre que eu visitava o túmulo de meu pai, vinha-me à lembrança o rosto daquele casal de Passo Fundo, cuja ternura e bondade jamais se apagaram de minha memória. Quando os procurei anos depois, não estavam mais lá e ninguém sabia dizer para onde haviam se mudado.

A vida dá muitas voltas, e, como o senhor sabe, vim para São Paulo, onde me casei e constituí família. Graças a Deus, pude educar meus filhos em boas escolas. O meu mais velho, o Paulo, que é seu amigo, chegou a formar-se em Direito. Pois bem, há pouco tempo, indo em visita ao escritório dele, nas proximidades do Fórum, tomei um táxi em vez do ônibus, por uma questão de comodidade, o que aliás não era de meu feitio. Foi como se o destino tivesse marcado um encontro comigo. Para minha surpresa, estava no volante desse táxi uma jovem negra, de aparência bonita e saudável. Enquanto rodávamos em seu carro, não pude deixar de lhe perguntar como é que ela se saía nesse trabalho, mais praticado por homens.

— Sem problemas — respondeu-me. — E dá pra sustentar a mim e a minha mãe, que é doente e idosa.

Havia alguma coisa singular em seu rosto que me causava estranheza. Quando quis saber como se chamava, tive uma nova e grande surpresa:

— Dvoirele — respondeu, com um sotaque bem judaico.

— Dvoirele! Você é judia?

— Fui adotada em criança por um casal de judeus, Abraão e Sara. Mamãe Sara vive comigo. Papai Abraão morreu faz algum tempo.

Creio que a esta altura o senhor já deve ter adivinhado que o casal a que ela se referia era aquele mesmo de Passo Fundo. Que mundo estranho o nosso! Foi exatamente assim, desse modo casual, que se deu meu reencontro com dona Sara. Pela alma de seu Abraão só me restou pronunciar o *Kadish* que se faz para um pai, do filho que ele nunca teve.

Agora, eu lhe pergunto: como é que o senhor me explica essa coincidência?

E seu Simão olhou-me fixamente nos olhos como aguardando algum tipo de resposta que eu pudesse lhe dar.

NAS ONDAS DO RÁDIO

Um dos bens de estimação que havia herdado de meu pai quando faleceu foi um velho rádio que adquirira no início dos anos quarenta. É difícil para os jovens de hoje compreender a importância que esse modesto aparelho tinha para nós naqueles tempos. Era por meio dele que tomávamos conhecimento de grande parte do que se passava nesta cidade, neste país e até neste planeta. Acresce dizer que como tudo nos vinha do som e não da imagem, como na tevê de hoje, a imaginação de cada um encarregava-se de desenhar, a seu modo particular, a realidade visual dos fatos narrados. Daí o fator subjetivo do rádio, muito maior que o de outros meios, e de seu efeito como que onírico em nossa memória.

Embora o aparelho que eu herdara já não funcionasse, ainda assim a sua simples presença me remetia a vários momentos da infância e da adolescência. Como por exemplo, aquele momento cheio de seriedade quando toda a família se reunia em torno dele para ouvir o noticiário transmitido pelo *Repórter Esso*, "o primeiro com as últimas notícias": "Alô, alô, aqui fala o Repórter Esso..."

– Agora, façam silêncio, crianças – gritava-nos meu pai, sentado em sua cadeira em frente do aparelho. – Quero ouvir as últimas notícias.

Por incrível que pareça, acatávamos a ordem sem discutir: o noticiário tinha um caráter tão solene que fazia silenciar até mesmo as crianças.

Havia também os momentos descontraídos das marchinhas que anunciavam a proximidade do Carnaval: Alá-lá-ô-ô-ô-ô-ô, mas que calor, ô-ô-ô-ô-ô. Ainda me soam nos ouvidos certos prefixos musicais de programas famosos da época: *Ária na Corda Sol*, de Bach, no programa *Música dos Mestres*; o *Bolero* de Ravel, sempre aos domingos, no fim da tarde; o *Clair de Lune*, de Debussy, às cinco pontualmente, no *Encontro das Cinco*, de Ivani Ribeiro; a *Polonaise* de Chopin, no *Programa do Livro*, de Cid Franco; a *Marcha da Coroação*, de Meyerbeer, no *Programa Israelita* (mais tarde alterado para *Programa Mosaico*, para fugir da censura getuliana). Dificilmente me esquecerei dos divertidos *slogans* que enalteciam as qualidades de determinados produtos: "É mais fácil um burro voar que a *Esquina da Sorte* falhar"; "Com *guarda-chuva Ferretti,* pode cair canivete".

Sim, o rádio tinha seus encantos: programas para todos os gostos e todas as horas. "Nós somos as cantoras do rádio, levamos a vida a cantar...", cantavam as mocinhas sonhadoras.

Mas voltando ao objeto propriamente da herança, não me passava pela cabeça, desde o início, que tivesse conserto um aparelho tão velho como ele. Sendo grande demais, acabou sendo guardado num dos quartos que tínhamos no fundo da casa. E lá teria permanecido se não fosse pela curiosidade que despertou num rapaz que viera trabalhar conosco naqueles dias. Jorge, o nome dele, tinha a mania e o dom de consertar tudo em que punha os olhos, e, ao descobri-lo, me disse:

– Se quiser, ainda posso consertar o aparelho. Já fiz até uma limpeza interna e acho que tem condições de funcionar.

– Você tem certeza disso, Jorge? – eu não acreditava muito nessa ressurreição.

– Quer ver uma coisa?

Virou um botão e de imediato acendeu-se o chamado "olho mágico". Era como um estranho olho do passado que olhasse para nós. Jorge acrescentou:

– Daqui a pouco, as válvulas vão esquentar e ouviremos um chiado longo.

E de fato isso aconteceu.
– Só preciso trocar uma única válvula, o resto está em ordem.
Talvez fosse exagero dele, pensei comigo de novo.
– Ora, só uma válvula! Você tem certeza?
– Pode confiar em mim.
– E onde iremos encontrar esse tipo de válvula?
– Na Santa Ifigênia.
– Santa? Que Santa é essa?
– Estou falando da rua Santa Ifigênia. Lá tem tudo em matéria de peças eletrônicas.
Levei-o a sério. E foi com certa emoção que percorri a Santa Ifigênia à procura da irmã gêmea dessa grande válvula queimada que eu trazia na mão. Em pouco tempo acabei encontrando-a numa loja, que tinha realmente de tudo.
– Para que o senhor precisa de uma coisa dessas? – admirou-se o homem que me atendeu atrás do balcão. – Há muito tempo que ninguém quer saber dessas válvulas.
Tendo entregue ao Jorge a válvula comprada, fiquei acompanhando ansioso o seu trabalho. Fez uma nova e demorada limpeza, tirou as outras válvulas e limpou-as meticulosamente. Finalmente, dando o serviço por encerrado, olhou para mim.
– Agora, o senhor faça o favor de ligar o aparelho.
Virei o botão e instantaneamente acendeu-se o "olho mágico". Aguardamos mais uns minutinhos, e o que se ouviu foi um chiado suave que me soava familiar.
– Agora, por favor – disse ele –, vire o botão de ondas longas.
Virei o botão e sintonizei a agulha numa de suas faixas.
Bem, se não quiserem acreditar, fiquem à vontade, mas o que ouvi foi uma voz clara e grave rompendo um prefixo musical que me era conhecido e que havia muito não ouvia:
– Alô, alô, aqui fala o *Repórter Esso*, o primeiro com as últimas notícias.

O FILHO DE SHPRINTZE LEIE

Naqueles tempos havia sempre pessoas estranhas entrando em nossa casa. Eu não sabia quem eram, nem como minha mãe as conhecera, mas, pelo que me era dado ouvir, deduzia que fossem antigos conterrâneos dela, lá da Europa ou mesmo das colônias de Barão Hirsh no Rio Grande do Sul, agora recomeçando suas vidas em São Paulo, como outros imigrantes.

Entravam em nossa cozinha, sentavam-se à mesa e nos desfiavam suas histórias cheias de tristezas e desventuras. Minha mãe servia-lhes o que podia, mas era quase impossível saciar-lhes a fome. Ao dar com elas ali, meu pai, que voltava do trabalho, abanava a cabeça, desconsolado. Condoía-se da sorte dessa gente castigada pelo destino. *"Oi vei captzonim!"* – às vezes eu o ouvia comentando. *"Gotenhu,* por que criaste tantos *captzonim*? Estamos nos afogando no meio deles."

Essa palavra *"captzonim"*, empregada por ele, me intrigava muito. Quando uma vez perguntei-lhe o que queria dizer, olhou-me nos olhos e sorriu: *"Oi,* não queira saber meu filho".

Minha mãe sentia muita pena desses estranhos visitantes e repetia compulsivamente a meu pai as tragédias deles.

– Quantos sofrimentos! – exclamava. – Por que as coisas são assim?

– E eu sei? – meu pai evidentemente não tinha resposta para tamanha indagação.

Lembro-me especialmente de uma mulher a quem minha mãe chamava de Shprintze Leie, que vinha muito à nossa casa. Impressionava-me a cor amarela de seu rosto, que era macilento, cheio de rugas. O marido era funcionário do Cemitério Judaico e ganhava muito pouco. Além da extrema pobreza que os cercava, havia um filho que padecia de uma doença crônica – e ao referir-se a ele, Shprintze Leie não continha as lágrimas. Minha mãe dava-lhe sempre alguma coisa para levar para casa: um pouco de leite, um pouco de feijão, um pouco de arroz, algumas bananas, algumas laranjas.

"Shprintze Leie nunca me pediu nada" – dizia minha mãe ao meu pai. "Você sabe o que ela me contou?

"Eu sei, eu sei"– meu pai não tinha muita paciência para ficar ouvindo essas lamúrias que não tinham fim.

Um dia, Shprintze Leie trouxe o filho para que pudéssemos vê-lo. Era um garoto de minha idade, pálido e magrinho.

– Ele agora está bem melhor, graças a Deus – disse-nos.

O garoto usava calças largas que lhe desciam abaixo dos joelhos, e o paletó apertado tinha remendos costurados à mão. Do boné escapava uma mecha preta de cabelo. Ele olhava curioso para mim. Havia qualquer coisa em sua fisionomia que me causava estranheza.

– Pode brincar com ele, meu filho – disse-lhe Shprintze Leie, empurrando-o para o meu lado. – Ninguém vai te fazer mal.

O garoto foi se aproximando com cautela. Tive vontade de recuar e sair correndo dali, mas, diante do olhar firme de minha mãe, acabei ficando.

Em pouco tempo, ele conversava comigo; fez-me toda sorte de perguntas.

– Você freqüenta a escola? – perguntou-me a certa altura.

– Claro – respondi.

– Sabe, a mim me proíbem.

– Por quê?

– Não sou bom da cabeça.

Ao mencionar isso, riu, e dentre seus dentes da frente, que eram estragados, via-se especialmente um com uma grande cárie escura.
— Você tem brinquedos? — continuou perguntando.
— Que tipo de brinquedo?
— Qualquer um serve, quero ver.
Quando abria a boca para falar, eu ficava perturbado com a vista daquela cárie. Nunca vira coisa igual. Mal pude responder-lhe:
— Tenho figurinhas de futebol.
— Ah, você tem! Deixe ver.
Mostrei-lhe e, embora fossem figurinhas amassadas e rasgadas, elas o deixaram fascinado.
— Puxa, você tem muitas! — exclamou. — Quem sabe podia dar uma para mim?
Eu não era de dar figurinhas minhas a ninguém. Por isso, com má vontade, escolhi uma e das mais surradas, e pus-lhe na mão. Ele a examinou e, depois, guardou-a no bolso.
— O que mais pode me mostrar?
— O que é que você quer ver?
— Um canivete.
Nessa altura, Shprintze Leie, sua mãe, veio interromper-nos bruscamente.
— Não lhe dê nenhum canivete, não lhe dê nada disso. Ouviu?
Quando eles se foram, perguntei à minha mãe por que razão o filho de Shprintze Leie não podia ir à escola.
— Ele sofre de tonturas.
Nessa mesma noite cheguei a sonhar com a grande cárie escura de seu dente. No sonho eu procurava fechá-la de qualquer maneira. "Se eu fechar a cárie, você poderá ir à escola", eu lhe dizia.
Por alguma razão desconhecida, Shprintze Leie não voltou à nossa casa por um bom período. Quando apareceu, veio sozinha. Os sussurros que ela trocou com minha mãe, entremeados de soluços e lamentos, deixaram-me desconfiado. Quando partiu, perguntei à minha mãe:
— E cadê o filho dela?
Mamãe hesitou um momento.
— O coitadinho morreu.

Que a morte pudesse atingir alguém de minha idade, eu não sabia ainda. Eis uma questão que não me passava pela cabeça.

– Morreu! Mas morreu como?

Ao olhar para mim, minha mãe arrependeu-se do que acabava de me informar. Mas já era tarde e, diante de minha insistência, revelou com concisão:

– Ele se afogou numa poça d'água. Teve uma tontura e caiu.

Numa poça d'água! Que espécie de acidente era esse? Eu estava certo de que mamãe não me contara toda a verdade. Ora, como é que alguém podia afogar-se numa poça d'água? Fiquei muito tempo matutando no que poderia ter acontecido com o filho de Shprintze Leie. E quanto mais matutava, mais me convencia de uma coisa: para mim, a causa da morte foi, isso sim, aquela estranha cárie que eu vira em seu dente.

SHERLOCK DE SAIAS

O desaparecimento do par de castiçais de prata em que acendíamos as velas do *Shabat* deixou-nos todos consternados, mas sobretudo minha mãe, que não se conformava de maneira alguma. Esse fato infeliz acontecera por ocasião da nossa mudança para a nova casa. Em meio à confusão natural que uma mudança dessas traz, mamãe só se dera conta da falta de seus castiçais quando teve de usá-los no *Shabat*. "E onde estão eles, meu Deus?" – ela se perguntou. Depois de uma busca frenética na qual todos nós saímos a ajudá-la, a triste conclusão a que se pôde chegar é de que realmente não estavam mais conosco. Mamãe esbravejou e chorou.

– Eu lhe compro castiçais novos – meu pai tentou amenizar a dor que tomava conta de mamãe.

– Não quero novos, meus castiçais velhos herdei de minha mãe, que por sua vez os herdou da mãe dela. Quero-os de volta – afirmou categoricamente.

Não sabíamos mais o que fazer.

– Será que alguém do pessoal da mudança os teria roubado? – um de nós levantou a hipótese.

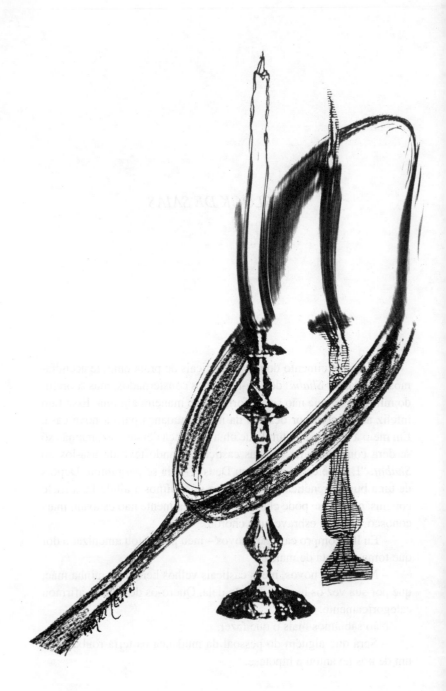

– Não pode ser – rebateu de imediato meu pai. – Eu acompanhei de perto o tempo todo a mudança e estou certo de que ninguém pôs a mão neles. Quem sabe tenham ficado para trás, no velho apartamento.

E toca a procurar por lá. Esmiuçamos todos os lugares, todos os cantos e todas as caixas que por ventura sobraram. Revolvemos todos os papéis e jornais espalhados pelo chão e o interior de todos os armários abandonados. E nem sombra dos castiçais.

– Como é que eu poderei abençoar o *Shabat* sem os meus castiçais? – bradava minha mãe, com as faces crispadas de angústia. – Para que tivemos de nos mudar? Estávamos tão bem aqui. Isso foi castigo de Deus.

– Não diga sacrilégios, mulher – advertiu-a meu pai. – Não vamos perder a cabeça, devem estar em alguma caixa ou em alguma trouxa de roupa e haveremos de encontrá-los. Quando estiver tudo em ordem, aparecerão.

– Mas se já vasculhei por toda a parte e não encontrei – respondeu-lhe mamãe. – Eu e a Sebastiana já reviramos tudo.

– A velha Sebastiana não enxerga nada – meu pai fez questão de lhe dizer. – Eu mesmo vou ajudar você a procurar, está bem?

Durante alguns dias, minha mãe ficou mergulhada em profundas reflexões como se estivesse armando um plano. Fazia-nos perguntas sobre os menores detalhes da mudança: "Você viu isso ou aquilo? Onde você estava quando pegaram isso ou aquilo?" Ela nos submeteu a um interrogatório minucioso, sem deixar escapar nenhum movimento de toda aquela operação.

– O que é que você procura, meu Deus? – impacientou-se meu pai.

– Uma pista, alguma coisa.

– Não vai adiantar nada, o melhor é adquirirmos um par novo.

– Ainda não – sentenciou. – Quero antes conversar com os rapazes que fizeram a mudança.

E não querendo mais estender a discussão, lá se foram ambos ao escritório da firma responsável pela mudança.

Os rapazes juraram de pés juntos que não haviam tocado nos castiçais, nem sequer os viram.

– Desejo ter uma conversa em particular com cada um de vocês – mamãe disse-lhes, decidida.

E foi o que aconteceu. Ela se fechou sozinha numa saleta do escritório com cada um deles, com quem manteve algum tipo de conversa confidencial. Mais tarde meu pai lhe perguntou:

– O que foi que você andou falando com eles?

– Se eles de fato se apossaram dos castiçais, creio que nós os teremos de volta em breve – respondeu laconicamente.

Passaram-se vários dias e... nada dos castiçais. Mamãe não perdeu tempo; dessa vez fechou-se num quarto com a Sebastiana, nossa velha empregada. Ninguém poderia suspeitar da pobre Sebastiana; afinal estava conosco havia vários anos, era como se fizesse parte de nossa família. Por isso, quando saíram do quarto, meu pai puxou minha mãe para um canto da casa.

– Meu Deus, você está praticando uma injustiça contra a pobre criatura – disse ele. – Que valor têm esses castiçais para Sebastiana?

Mamãe não respondeu nada. Mas no dia seguinte, os castiçais apareceram sobre a mesa da sala de jantar. Lá estavam eles, brilhando à luz do sol que jorrava gloriosamente pela janela.

– Então foi mesmo a Sebastiana? – meu pai estava perplexo. – Mas afinal o que foi que você conversou com ela e com todos aqueles rapazes?

Mamãe sorriu pela primeira vez.

– Eu apenas lhes contei a história de meus castiçais: estavam conosco há várias gerações, passando de mãe para filha, e sobre eles pesava um estigma terrível, caso fossem roubados. Quem os tirasse de nós, quebrando essa linha que se perde no tempo, haveria de sofrer de início a perda dos dentes e depois até mesmo uma morte violenta. Mas não só o autor do roubo cairia fulminado, como também cada um dos membros de sua família, enquanto não os recebêssemos de volta, como aliás já havia acontecido em outras épocas.

– E aí a Sebastiana confessou?

– Ela começou me dizendo que andava sentindo ligeiras pontadas nos dentes.

– Que coisa impressionante! – meu pai estava abismado. – E agora, o que faremos com ela?

– Nada, vai continuar trabalhando conosco, tenho plena confiança nela. Não foi por dinheiro, mas por um motivo mais do que justificado que ela se apossou dos castiçais. Precisava deles para abençoar um filho sem sorte que estava desempregado e doente.

E assim foi desvendado o caso misterioso dos castiçais de prata.

UMA PEQUENINA HISTÓRIA DE UM GRANDE AMOR

Esta história não se passa no Bom Retiro como outras que já contei. Ouvi-a certa vez de minha mãe, quando eu era muito pequeno e me encontrava adoentado. Tentava fazer-me engolir um caldo de galinha, por recomendação expressa do médico: "O menino precisa alimentar-se". Era um prato respeitável que me dava engulhos só de olhar para ele. Mas acabei por tomá-lo, como verão adiante: quando mamãe me contava suas historinhas eu ficava hipnotizado. E esta história, que ela começou a me contar, conquistou-me desde o início. Era uma história de amor, mas não como a de Dafne e Cloé, nem como a de Paolo e Francesca, tampouco como a de Romeu e Julieta.

Passava-se na cidade sagrada de Jerusalém, bem longe do Bom Retiro, há muitos e muitos anos, nos tempos míticos do glorioso Rei Salomão. O Rei Salomão, segundo me garantia minha mãe, era o homem mais sábio dentre todos os homens. Tão sábio que até mesmo a língua dos pássaros, fossem estes quais fossem, ele conhecia. Isso me pareceu uma coisa fantástica, e não preciso dizer que foi justamente esse detalhe particular que me prendeu a atenção. Imagine,

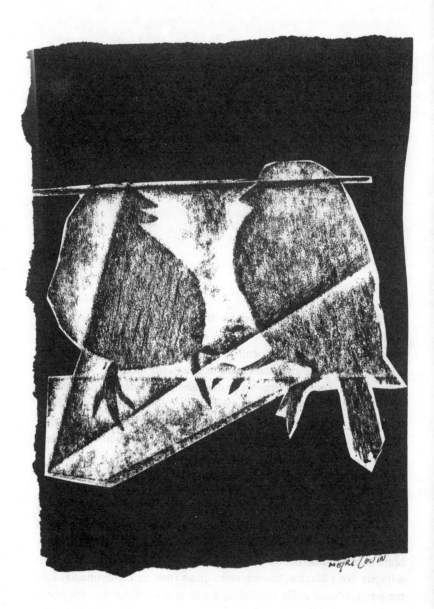

entender a língua dos pássaros! E para incendiar-me ainda mais a imaginação , o cenário da história, de acordo com as palavras expressivas da narradora, era o de um maravilhoso palácio. Um palácio verdadeiramente salomônico!

E nesse palácio, uma tarde o Rei Salomão passeava pelo seu jardim, quando se sentou para repousar à sombra de uma grande árvore, entre tantas outras ali existentes. A poucos passos dele, seus guardas de segurança e outros pares da corte conservavam-se em silêncio, cuidando para que ninguém lhe fosse perturbar o sossego. O Rei Salomão mergulhou em profunda meditação. No que estaria meditando o Rei Salomão? Minha mãe não se atrevia sequer a imaginar o que pudesse meditar um sábio como o Rei Salomão. No entanto, a certa altura, o Rei, como que aborrecido com alguma coisa que o vinha distraindo, captou umas vozes furtivas que partiam dos galhos superiores daquela árvore. Todos ao mesmo tempo, acompanhando os olhos do Rei, olharam para o alto da copa, onde num dos ramos balançava um solitário casal de passarinhos.

O casal estava entretido num velho jogo de amor, alheio a tudo o que se passava ali embaixo; nem de longe suspeitava de que pudesse estar por perto o poderoso Rei Salomão. O Rei, curioso, se pôs a ouvir. E à medida que foi ouvindo, o semblante dele foi se transformando. Naturalmente, era o único a entender palavra por palavra do diálogo que se travava entre aqueles dois passarinhos. Dizia um deles, que parecia ser o mais forte:

– Sabe, minha querida, eu daria a você qualquer coisa que me pedisse.

– Qualquer coisa? Você daria a sua vida para me proteger?

– Claro, pode confiar em mim. Eu sou na verdade muito forte e muito rico.

– Qual é sua riqueza?

– Você vê aquele palácio? É todo meu. Eu o cedi ao Rei Salomão para que o usasse por algum tempo. Mas, se eu quisesse, a qualquer momento poderia retomá-lo. Com minha força, num abrir e fechar de olhos, poderia até mesmo destruí-lo.

– Você é capaz disso?

– Ora, se sou! Por acaso duvida de mim?

Nesse momento, o Rei Salomão, que ouvia toda a conversa, achou que estava em tempo de intervir. Estendeu a mão e, com uma ordem ríspida, chamou para si o pássaro atrevido. Ao ouvir o chamado do Rei, o casalzinho estremeceu. Enquanto o pássaro galanteador, para quem a ordem era dirigida, descia trêmulo, sua namorada, com o coração palpitante, procurou refugiar-se em outro local mais afastado e mais seguro.

– Então, você seria capaz de destruir meu palácio? – indagou o Rei Salomão com a voz colérica.

O passarinho não parava de tremer.

– Majestade, nunca me passou pela cabeça uma idéia dessas.

– Não? Pensa que não ouvi o que você disse à sua namorada?

– Eu não tinha a menor intenção, Majestade. De que modo alguém tão frágil como eu poderia fazer isso?

O Rei Salomão continuou a fustigar o passarinho atrevido, que já temia pela própria vida. Afinal, ninguém desafia o Rei Salomão, o poderoso Rei de Israel, assim sem mais aquela.

– Bem, desta vez poupo-lhe a vida – sentenciou o Rei. – Mas quero que me prometa uma coisa: jamais falará desse modo.

E num gesto seco despediu-o dali. O passarinho mais do que depressa bateu as asas e foi juntar-se à sua parceira que o aguardava, ansiosa e bastante assustada.

– O que foi que aconteceu? – perguntou.

Ele, já recuperado, aprumou suas plumas e olhou-a fundo nos olhos.

– Nada de mais, bobinha. Eu apenas tive uma conversa franca com o Rei Salomão.

– Então era mesmo o grande Rei Salomão? E o que foi que ele disse?

– Você nem pode imaginar! Ao ouvir todas aquelas ameaças, pediu-me humildemente que não lhe destruísse o palácio e que apenas o deixasse viver.

Nessa altura da história, minha mãe, muito satisfeita por ver que eu já tinha tomado todo o caldo, concluiu seriamente:

– Pois saiba, meu filho, um grande amor, mesmo como o daquele simples casalzinho, nunca se curva diante de ninguém, nem mesmo diante de um rei poderoso como o Rei Salomão.

RECONTANDO PARA O MEU FILHO ADOLESCENTE

A chegada do jovem Davi, que vinha a mando de seu pai com mantimentos para seus irmãos e mais dez queijos para o comandante deles, coincidira exatamente com o momento em que um guerreiro filisteu de alta estatura, saindo a campo, fazia uma espécie de encenação.

– Dai-me um homem que peleje comigo – ecoava sua voz de trovão por todo aquele vale. Davi, ainda desnorteado e sem saber o que ocorria, procurou uma explicação por parte dos que cuidavam de sua bagagem.

– É todo dia a mesma coisa – comentou um dos homens.

A campanha não progredia já havia algum tempo e, na verdade, tinha chegado a uma espécie de impasse. Nenhum dos dois exércitos ousava tomar qualquer iniciativa, cada qual consciente dos riscos em abrir um ataque. De certo modo a razão dessa imobilidade estava na topografia do terreno em que tinham tomado posição. O vale de Elah era estreito e no fundo passava um córrego, vadeável aqui e ali, e de cujas margens a terra subia por ambos os lados em escarpas até certo ponto suaves, mas atravessá-lo seria uma manobra complicada para a força atacante, além da desvantagem de um terreno mais baixo. Por

isso os dois grupos estavam parados ali, cada qual esperando que o outro realizasse um movimento em falso. E nessa guerra de nervos a vantagem até então pendia para o lado dos filisteus. Era um povo mais impassível, menos emotivo do que os judeus, e essa superioridade natural vinha aumentando com o emprego de um engenhoso estratagema. Havia nas fileiras dos filisteus um certo Golias, de Gat – conforme Davi acabava de saber –, um dos homens mais altos que já se vira. Diariamente aparecia com sua imponente armadura e suas armas de guerra, e lançava insultos às tropas de Israel, desafiando-as para que mandassem alguém lutar com ele, afirmando que seu povo estava disposto a aceitar o resultado dessa luta como o da própria guerra. O efeito desse desafio diário, Davi compreendeu-o logo, vinha sendo prejudicial ao moral do exército judaico. Por outro lado, naturalmente estava abaixo da dignidade do Rei Saul ou de qualquer membro de sua casa real aceitar a oferta de um duelo com tão vulgar gabola.

Deixando o que trouxera sob a proteção dos guardas, Davi, em vez de ir logo ao encontro dos irmãos, foi procurar uma posição de onde pudesse ver bem o desafiador. O aspecto de Golias era de fato alarmante e sua voz ecoava como o berro de um touro através do vale, enquanto lançava descargas de ofensas e obscenidades contra as fileiras de Saul. O jovem, porém, aprendera, graças à sua experiência com os irmãos, com o gado e com os animais selvagens, a não ter medo da mera força física quando esta vinha desacompanhada da inteligência. E, nos pequeninos olhos de porco do gigante, não havia qualquer vislumbre de inteligência; seus movimentos, restritos pelo peso da armadura, eram mais movimentos de um boi tonto do que de um ágil espadachim. Estava pensando nisso, quando uma frase casual de um soldado ateou fogo em seu coração.

– Dizem que o Rei Saul – afirmou o soldado aos companheiros que, como ele, assistiam à cena – prometeu dar sua filha em casamento ao homem que abater esse animal.

Davi, impulsivo e eloqüente, sem se conter, levantou a voz e falou aos homens que o cercavam:

– Quem é esse incircunciso filisteu para assim afrontar o Exército do Deus vivo? Não haverá quem tire essa afronta de sobre Israel? Eu sou capaz de fazê-lo.

Essa declaração fora feita com a maior naturalidade e confiança. Ao ouvi-la os soldados não riram nem fizeram zombaria. Havia alguma coisa de impressionante nela. É bem verdade que se tratava de uma gente que prontamente reagia à oratória e estava acostumada a acreditar em maravilhas.

Em pouco tempo a mensagem do jovem se espalhou pelo campo até chegar aos ouvidos de seus irmãos. Eliab, o mais velho, ao tomar conhecimento, tremeu de raiva; era exatamente o tipo de incidente que sempre temera. Num momento em que ele e seus irmãos, com toda a sensibilidade de oficiais novos, ansiosos em causar boa impressão no seu regimento, desejavam acima de tudo evitar o ridículo, o irmão caçula, aquele rapaz cantor, tocador de harpa, aparecia e vinha fazer uma exibição dessas perante os soldados no campo de batalha. Eliab estava enfurecido quando se defrontou com ele.

– Por que desceste até aqui? – Eliab procurava as palavras mais candentes que podia reunir. – Com quem deixaste aquelas poucas ovelhas no deserto?

Introduziu o termo "poucas" a fim de diminuir o jovem aos olhos dos espectadores.

– Ora, conheço bem a tua presunção. Não foi por outro motivo que desceste para ver a batalha – falou como se tivesse diante de si um rapazola que deixava suas obrigações para vir assistir a um divertimento.

Mas Davi manteve-se calmo, sem entrar no jogo do irmão. Não iria sequer justificar-se com o fato de que fora o pai que o mandara; não desejava, perante os assistentes, transformar esse episódio numa disputa familiar.

– Que fiz eu agora? – perguntou impassível e, sem esperar pela resposta de Eliab, desviou-se dele, dirigindo-se à multidão que cada vez mais engrossava à sua volta.

Em pouco tempo, muitos oficiais novos e alguns mais velhos começaram a ouvi-lo. A notícia do jovem desconhecido que queria enfrentar Golias espalhou-se por todo o acampamento e chegou finalmente aos ouvidos do Rei, que mandou chamá-lo.

Mais uma vez os dois estavam frente a frente. Saul lembrava-se vagamente de Davi, como os doentes se lembram dos que deles cuidaram nos momentos de delírio. Recebeu-o com certo espanto e olhou-o longa e profundamente. Suas primeiras palavras foram quase paternais:

– Contra esse filisteu, não há como possas pelejar, pois tu és ainda muito moço, ao passo que ele é um guerreiro experiente.

Mas Davi, empolgado pela presença do Rei, respondeu logo:

– Teu servo, que é pastor de ovelhas de seu pai, já teve de enfrentar o leão e o urso para que não atacassem o rebanho. Não será diferente com esse filisteu incircunciso. Ele afrontou os Exércitos do Deus vivo.

Saul, que não era um mau julgador de homens, pressentiu que tinha diante de si um jovem invulgar. Ainda hesitou um pouco, mas em seguida decidiu:

– Vai, e que o Senhor esteja contigo.

Houve também a questão das armas e da armadura entregues a Davi, e o constrangimento de Saul quando ele as devolvera, alegando: "Não, não posso andar com elas, nunca as usei".

E, sem perder tempo, Davi tomou seu cajado, escolheu para si cinco seixos lisos do ribeiro e os guardou no seu alforje de pastor. Depois, sem qualquer vacilo, caminhou para o local onde se encontrava Golias.

As duas hostes permaneciam silenciosas enquanto observavam e faziam conjeturas. Não foi pequeno o espanto do gigante filisteu quando avistou a figura frágil e desprotegida de seu contendor, pois esperava um rufião tão volumoso como ele.

– Sou eu algum cão para vires a mim com paus? – começou com palavras de desprezo e, depois, enfurecido, bradou: – Vem a mim e darei a tua carne às aves do céu e às bestas do campo.

Davi compreendeu o quanto o gigante estava cego de fúria e decidiu irritá-lo ainda mais, respondendo em voz clara e bem alta:

– Tu vens contra mim com espada, lança e escudo; mas eu venho a ti em nome do Senhor dos Exércitos, o Deus dos Exércitos de Israel, a quem desafiaste. Hoje mesmo o Senhor te entregará em minhas mãos.

Então Davi atravessou a parte mais rasa do córrego, saltando de uma pedra para outra com facilidade. Golias também avançou, mas o fez muito pesadamente, sem poder acompanhar em momento algum os movimentos rápidos do seu curioso adversário. À certa altura Davi parou e, sem afastar os olhos do rosto do inimigo, meteu a mão no alforje, tirou uma pedra e com sua funda atirou-a, ferindo-o na testa. O gigante desabou com o rosto na terra.

Assim prevaleceu Davi contra os filisteus, apenas com uma funda e uma pedra. Então os homens de Israel e Judá se levantaram e perseguiram os filisteus até Gat e até as portas de Ecrom.

O ALEF

Estávamos em Paris e tínhamos resolvido naquela tarde, eu e minha mulher, conhecer o Centro Cultural Georges Pompidou, recentemente inaugurado. Por algum motivo, em vez do metrô preferimos tomar um táxi, e o chofer advertiu-nos:

— É um monstrengo! Tenho vergonha do que se fez.

A obra nascera polêmica, e muitos, ao que parecia, não a aceitavam em vista de seu estilo altamente extravagante em matéria de arquitetura.

— Deixaram as tripas pra fora — acrescentou o motorista.

A seriedade com que fez esse comentário era de tal ordem que não nos permitiu retrucar qualquer coisa. Mas ao chegarmos ao local e, tendo me defrontado com o prédio, compreendi perfeitamente as razões da revolta daquele homem do povo que amava sua cidade.

— Pois eu gostei — disse-me minha companheira sem nenhuma cerimônia. — Gostei e acho que vou gostar mais ainda quando o tivermos visto por dentro.

As palavras dela foram proféticas. Percorremos todos os andares e a cada instante havia alguma coisa que nos enchia de admiração e

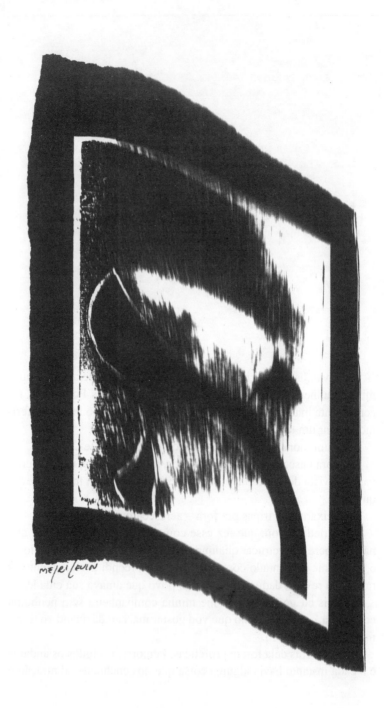

espanto. Não vou perder tempo aqui com elogios na descrição desse Centro, pois a essa altura todos já o conhecem e sabem de seu grande valor cultural. No fim da tarde, quando já descíamos pela escada rolante, avistei um pequeno cartaz colado num de seus pilares de aço.

– Você viu o que vi? – perguntei à minha mulher.
– O que foi que você viu?
– Jorge Luis Borges vai pronunciar uma palestra esta noite.

Por um momento me ecoaram na memória as palavras densas do grande escritor: "O diâmetro do Alef seria de dois ou três centímetros, mas o espaço cósmico ali estava, sem diminuição do tamanho... Vi o populoso mar, vi a aurora e a tarde, vi as multidões da América, vi uma prateada teia de aranha no centro de uma negra pirâmide..."

– Você tem certeza? – inquiriu minha mulher.

Era uma tremenda coincidência, mas estava ali no pequeno cartaz tudo confirmado. Dentro de duas horas, em um dos auditórios deste local, poderíamos ver e ouvir Jorge Luis Borges em pessoa, e naturalmente não íamos perder uma oportunidade como essa.

Mal tivemos paciência de tomar o nosso lanche e voltarmos logo para obtermos bons lugares. O auditório estava lotado. Acomodamo-nos em duas poltronas laterais e ficamos aguardando. Por minha cabeça passavam excertos de frases e pensamentos: "Para a Cabala, o Alef significa o En Sof... também se disse que tem a forma de um homem que assinala o céu e a terra, para indicar que o mundo inferior é o espelho e o mapa do superior..."

No momento em que o homem cego de sobrancelhas hirsutas, com uma bengala elegante na mão, terno escuro e uma flor vermelha na lapela, acompanhado por uma mulher jovem, entrou no palco para ocupar a pequena mesa do centro, estalaram palmas e um sentimento indefinível tomou conta de todos nós.

E foi assim, por mero acidente, que tive meu encontro com Borges. Mais tarde, ainda emocionado, comentei com minha mulher:

– Só por esse encontro, valeu toda a nossa viagem.

De Paris fomos para Madri, onde havia muita coisa para se ver. Não deixamos de assistir às suas *zarzuelas* e aos seus vibrantes *flamencos*. Percorremos seus passeios, suas ruelas e seus pátios, os quais sempre nos encantavam. E, para variar, fomos de novo ao Museu do Prado rever alguns de seus quadros famosos. Já estávamos no terceiro ou quarto dia quando, ao fim da tarde, nos dirigimos à Plaza Mayor para tomar uma "sangria". Da pequena mesa junto a uma das arcadas, ficamos bebericando e observando o movimento de centenas de pessoas que passavam por ali. De repente minha mulher cutucou-me no ombro.

– Olhe para a esquerda, duas mesas atrás de você.

Olhei e, para meu espanto, lá estava Borges, sentado ao lado da mesma jovem que o acompanhara naquela palestra de Paris. Tinha a bengala na mão e seu rosto severo estava voltado para nós, como que dizendo: "Os fiéis que acorrem à mesquita de Amr, no Cairo, sabem muito bem que o Universo está no interior de uma das colunas de pedra que rodeiam o pátio central... Existe esse Alef no íntimo de uma pedra".

Eu e minha mulher trocamos um olhar significativo, mal acreditando em nossos olhos.

– Uma nova coincidência! O que é que você pensa disso? – perguntei-lhe timidamente.

Minha companheira sorriu para mim um sorriso misterioso e, levantando seu copo de vinho, me respondeu:

– Acho que o seu Borges está realmente nos perseguindo.

FELIZ ANIVERSÁRIO

"Hoje completo sessenta anos redondos" – foi a primeira coisa de que Maier tomou consciência ao acordar naquela manhã. Levantou-se lentamente e foi olhar-se no grande espelho do banheiro.
– Então, espelho meu, que me dizes? Aparento ter sessenta?
Para muitos, sessenta pode parecer pouco, como para outros pode parecer muito, refletiu prosaicamente. Repuxou ambas as faces para um lado e para o outro, olhou-se no fundo dos olhos, tirou a camisa do pijama, observou cuidadosamente o peitoral e os músculos de ambos os braços, examinou-se de frente e de perfil, e não chegou a nenhuma conclusão. Bela, a mulher dele, continuava dormindo o sono dos justos e não convinha acordá-la. Além do mais, pedir a opinião da companheira seria chover no molhado. Afinal, o que é envelhecer? – perguntou-se. Começar a ter alguns esquecimentos bobos? Certos nomes de pessoas que nos escapam da memória? Começar a sentir curiosos ataques de nostalgia? Ou perceber que se tem reflexos mais lentos? Rodar na estrada, sem passar dos cem quilômetros por hora? Desinteressar-se pela mulher alheia? Começar de leve a preocupar-se com a própria lucidez? Repetir demais certas histórias para os amigos?

Enquanto Maier ia se vestindo, tornou a olhar-se no espelho. Como primeira decisão do dia, tinha acabado de escolher o seu vistoso paletó dos domingos para usar justamente esta manhã, embora fosse uma prosaica manhã de terça-feira.

"Está claro que ter sessenta anos não representa nenhuma tragédia", pensou consigo. "Está tudo muito bem. Caprichando um pouco na roupa, no penteado, tomando certos cuidados com algumas rugas aqui, outras ali, dá para enfrentar a concorrência. Decididamente, eu pelo menos não me sinto velho."

Como Bela, sua companheira de tantos anos, continuasse dormindo, Maier, sem pressa, foi tomar sozinho o desjejum. Tomou-o com gosto. Ao deixar finalmente a casa, saiu assobiando. Estava bem disposto. Ora bolas, sessenta anos! Riu-se com seus botões: "Engraçado, já me chamaram um dia de Maierzinho (fui um belo garoto), depois passaram a me tratar simplesmente de Maier (eu não deixava de ser charmoso em meus bons tempos de rapaz), ultimamente me chamam de Sr. Maier, com todo o respeito a um senhor, e, agora, aos sessenta, como é que me vão chamar?"

Deixou o carro no estacionamento e dirigiu-se com passos lépidos para o prédio onde trabalhava. Com certeza o pessoal do escritório iria dar-lhe os parabéns, haveria tapinhas nas costas, alguém formularia a famosa pergunta: "Então, quantos anos?" Ora, não tinha nada de mais responder a verdade: sessenta anos. Até imaginava o espanto que iria causar: "Sessenta anos! Sua aparência é de muito menos". E ainda que tivesse a tal aparência que um homem de sessenta anos tem, por que esse preconceito bobo? Uma idade absolutamente honrada.

Ao avistar de longe, na esquina, aquele engraxate, achou que não seria má idéia, antes de subir, dar uma boa lustrada nos sapatos. "Estarei ficando vaidoso, meu Deus? Careca não sou, não tenho barriga nenhuma, pouquíssimas rugas pelo rosto, bons dentes, ares saudáveis, e agora um pouco mais de elegância e pequenos cuidados com a roupagem não me farão mal nenhum."

– Capriche aí, meu velho – disse para o engraxate. E ao usar a expressão "meu velho", embora tão comum, arrependeu-se logo. Não a deveria ter empregado, ainda mais que se tratava realmente de pessoa idosa.

O homem, no entanto, sorriu para ele, sem nenhum ressentimento. Tinha cabelos brancos, barba por fazer, branca por sinal, e aparentava uma idade próxima dos setenta. Teria mesmo setenta? Com esse tipo de trabalho e a vida difícil que devia levar, é bem provável que, na realidade, tivesse um pouco menos. Mas a aparência dele era sem dúvida de uma pessoa de setenta anos cravados. Com essa idade, pensou consigo, o pobre velho já devia ter se aposentado.

– O senhor trabalha há quanto tempo?
– Sou engraxate há quarenta anos!

O homem deu-lhe um sorriso de orgulho. Faltavam-lhe alguns dentes da frente, os olhos estavam um tanto empapuçados, as mãos tinham algumas veias salientes e azuladas, com manchas escuras salpicadas na pele.

– Que idade tem o senhor?
– Sessenta anos, doutor. Por quê?

Veja só, exatamente a minha idade! Talvez também estivesse aniversariando hoje. Enquanto o homem trabalhava, Maier procurou observá-lo melhor e, tomado de certa ternura, decidiu que lhe daria, pela suposta coincidência, uma gorjeta da qual ele não se esquecesse pelo resto do dia. Eram afinal pessoas da mesma geração, talvez com as mesmas lembranças e com certeza com as mesmas referências no passado. Apenas com destinos diferentes e, sobretudo, com aparências diferentes. Então, era assim um homem de sessenta?

– Quantos anos o senhor me dá? – a pergunta que Maier fez escorregou-lhe da boca casualmente.

O engraxate ergueu a cabeça encanecida, examinou-o com um firme olhar de avaliação e não titubeou:

– O senhor deve ter setenta. A sua fatiota talvez ajude um pouco a disfarçar a idade.

A resposta franca do outro lhe foi como um banho gelado. Por essa não esperava! Ao despedir-se do homem, em cujas mãos acabara deixando uma gorjeta maior, Maier sentiu na boca um gosto meio amargo. Tinha agora uma vaga sensação de que também estava envelhecendo além da medida. Naturalmente, não era caso de desespero nem muito menos o de recorrer ao divã do analista, refletiu filosoficamente. Sessenta anos, que bela idade!

O engraxate, satisfeito com o dinheiro que tinha nas mãos, não se conteve:
– Por que tanta gaita, doutor?
– Por nada... É apenas pelos nossos bem vividos anos.

O ESTIGMA DA SOGRA

Até que ponto uma sogra nos pode causar estragos? De minha parte devo dizer que não tenho nenhuma queixa nessa área: minha sogrinha é uma mãe para mim. Mas de um modo geral parece que a coisa não é bem assim. Pelo que me informam alguns amigos, a sogra tem lhes complicado a vida conjugal; às vezes com pequenas e banais interferências, outras com interferências maiores e não tão banais. Seja de um modo ou de outro, afirmam-me categoricamente, não lhes é fácil conviver com esta que é a mãe de suas queridas esposas.

Esse foi o caso de José Gafanovitch. Conheci-o muito antes de seu casamento, quando ainda estudávamos engenharia. Embora tenha sido um casamento de amor, suas relações com a esposa, a Ana, lamentavelmente foram se deteriorando ao longo do tempo. E por quê? Por culpa exclusiva da sogra. Como tínhamos intimidade, ele vivia me confidenciando:

— Esta minha sogra, não sei o que tem contra mim! Meteu na cabeça que sou do tipo mulherengo e que, mais dia ou menos dia, acabarei traindo sua filha.

O meu amigo José Gafanovitch, sujeito seriíssimo e totalmente avesso a essas coisas de mulheres (em nossos tempos de estudante, era o mais comedido da turma), a princípio abatia-se profundamente e não se conformava com esse gênero de insinuações maldosas contra ele. Ana, sua compreensiva companheira, mulher inteligente e, diga-se de passagem, muito bonita, ria-se e procurava acalmá-lo.

– Deixa pra lá, mamãe não o faz por mal.
– Não suporto uma coisa dessas – ele retrucava. – Onde já se viu? Eu queria que ela parasse com as suas insinuações, que não têm o menor fundamento.

Por outro lado, todos os que conheciam Dona Geni, a sogra dele, sabiam que era uma senhora muito distinta e bem educada, e não podiam imaginar que pudesse cometer tamanha grosseria com o genro. A não ser que realmente tivesse sérios motivos, os quais não passavam pela cabeça de ninguém.

O tempo passou, mas as tais insinuações não cessavam. Não obstante o casal já contar com dois filhos e ser um exemplo de correção para todos nós, Dona Geni, por algum motivo, ainda não perdera o mau hábito de levantar suspeitas contra o pobre do genro. Meu amigo José, a essa altura, de certo modo já se acostumara e era ele quem me contava rindo (não sei se ria mesmo para valer):

– A velhota continua desconfiando de mim! É mesmo um caso patológico!

No entanto, a Ana (o tempo acaba afetando as pessoas), de tanto ouvir essas coisas da mãe, começou a dar-lhe ouvidos. Eu não saberia dizer a partir exatamente de quando ela também começou a ter desconfianças do marido. Quando este partia em suas viagens de negócios, ela queria conhecer o seu roteiro, o endereço e o telefone do hotel, e chegava a telefonar-lhe no meio da noite. Uma vez foi ao extremo de empreender uma longa viagem só para ver se o pegava em flagrante. Tudo isso José me revelava, procurando manter o bom humor, apesar dos pesares:

– A Ana agora deu de ter ciúmes doentios de mim! Mas é a mãe dela que está por trás disso.

O fato é que entre eles se estabelecera uma situação não muito normal. José Gafanovitch não tinha mais sossego, era obrigado a dar à Ana explicações de tudo quanto fizesse. Os amigos, sabendo das interferências da sogra, riam-se dele, não com maldade mas talvez com um pequeno nó na garganta diante do destino desse homem que não tinha a menor culpa.

Um dia, perdeu a paciência e foi peremptório:

— Escute, Ana, é preciso que você dê um basta na sua mãe. Não quero mais ouvir dela uma só palavra. Ou ela ou eu. Está bem claro?

Acreditem, essa posição radical do meu amigo, pela primeira vez, teve os seus efeitos: Dona Geni parou de falar mal dele. A partir de então uma verdadeira era de paz iniciou-se para eles. Ele chegou a me confessar:

— Você não imagina como ela mudou! Finalmente passei a ser um genro correto! Vive agora me defendendo perante a própria filha. Nem sei se mereço tanto.

E as relações do casal começaram a se normalizar. José e Ana retomaram o seu antigo amor e sentiam-se muito felizes na companhia um do outro. Nós, os amigos, que os víamos agora bastante alegres e divertidos, suspiramos de alívio. E a história poderia até acabar bem. Mas a coisa não foi assim. Vim a saber do seu final surpreendente poucas semanas depois, graças à própria Ana, a quem eu fora prestar uma visita de condolências. A mãe dela, Dona Geni, que aparentemente andava bem de saúde, de repente sentira-se mal e morrera num abrir e fechar de olhos.

— Eu não sabia o que fazer — contou-me Ana. — O José estava em Nova York, numa de suas eternas viagens de negócios. Tive de recorrer a um funcionário do escritório para descobrir o nome do hotel e o número do telefone; eu não anotava mais essas coisas. Preparei-me para dar-lhe a notícia com todo o pesar, pois mamãe e ele tinham tido uma belíssima reconciliação.

— Deve ter sido um choque para ele — observei.

— Que choque, que nada! — interrompeu-me, com os olhos fuzilando. — Quando telefonei para o maldito hotel e pedi que me ligassem com ele, alguém da portaria me informou: o José não estava naquele momento, tinha acabado de sair com sua mulher.

É! Ao que parece eu não conhecia direito o meu amigo José Gafanovitch, sobretudo essa última faceta sua. Na verdade, quem o conhecia melhor do que todos era a sogra dele, Dona Geni. Ela não o poupou, nem mesmo do outro lado do mundo.

QUESTÃO DE PONTUALIDADE

Ser pontual é uma qualidade? Com toda a certeza que sim. Eu o sou, creio, mas por razões hereditárias: meu pai e meu avô pertencem a essa categoria. Este último, em matéria de pontualidade, chegava a extremos de fanatismo: nas suas costumeiras viagens, por exemplo, tendo de tomar o trem das oito, acordava às quatro da madrugada e só não pulava da cama mais cedo por vergonha de minha avó. Quanto a mim, procurando seguir a mesma linha, poucas vezes me atrasei em encontros; no entanto, apesar de todos os esforços, houve uma ou outra exceção. Vou contar-lhes o caso de uma delas para que vejam como isso pode acontecer conosco sem que se tenha a menor culpa.

Foi numa tranqüila manhã de domingo. Eu havia combinado com meu pai, que residia no outro extremo da cidade, apanhá-lo bem cedo para uma visita ao túmulo de mamãe. Para evitar problemas, saí de casa com antecedência.

Quando meu carro subia a Av. Rebouças, que naquele horário se apresentava quase sem trânsito, avistei uma moto e um táxi correndo em alta velocidade. Surgiu de repente de uma das ruas transversais uma caminhonete, e os três se chocaram. Tudo aconteceu em questão

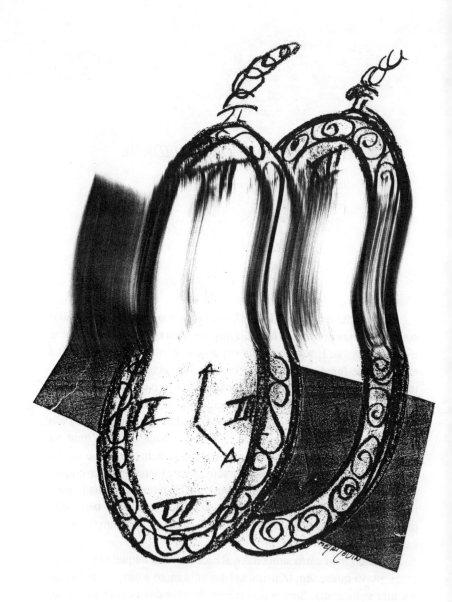

de segundos. De minha posição pude ver o rapaz da moto se estatelando no asfalto. A caminhonete e o táxi estavam visivelmente amassados, tinham sofrido uma boa trombada, mas nada de muito grave. O que mais me preocupou foi o estado do motoqueiro: seu corpo, pelo que pude observar, estava estendido no chão, imóvel. Não demorou nada, porém, ele se levantou e caminhou com passos incertos na direção de meu carro. Ensangüentado, puxava com dificuldade uma das pernas. Já bem próximo, ouvi-o balbuciando:
– Salve-me, salve-me por favor.
Naturalmente, meu pai teria de esperar. Pulei do carro e amparei-o antes que caísse. O jovem, que parecia não ter mais de vinte anos, olhava-me com olhos vidrados, e de novo murmurou: "Salve-me, salve-me".
De fato o estado dele era deplorável. Sem perder tempo, tratei logo de introduzi-lo no carro com a intenção de o levar para o Hospital das Clínicas. Este, por sorte, situava-se perto dali.
Teria de subir a Av. Rebouças para pegar o primeiro retorno, pois o Hospital ficava do outro lado, na direção contrária. Durante o trajeto todo, o rapaz, que permanecera meio deitado no banco, não parava de gemer:
– Ai, não agüento mais... vou desmaiar.
E eu retrucava:
– Não, não desmaie, o Hospital fica logo ali.
– Não agüento, vou desmaiar.
Era preciso mantê-lo consciente, foi o que me passou pela cabeça.
– Como é seu nome? – tentei desviar-lhe a atenção.
Pareceu-me que o nome fosse "Josualdo" ou "José", não deu para ouvir direito. À medida que avançávamos, os gemidos aumentavam, e o seu aspecto me parecia cada vez pior.
– Agüente firme, José, estamos chegando.
– Ai, meu Deus, eu vou morrer.
Sem poder fazer outra coisa, eu tentava animá-lo com palavras:
– Não, você está bem, Josualdo, você está muito bem.
– Estou morrendo...
– Escute aí, Zé, você não está tão mal assim, agüente um pouco mais.

Senti um enorme alívio quando por fim chegamos ao Hospital. O pátio estava tomado por filas de homens e mulheres. Uma multidão ruidosa se espremia na entrada principal. Saltei do carro e dirigi-me ao primeiro guarda que avistei:
– Estou com um sujeito gravemente ferido, me ajude depressa.
– Ora, gente ferida é o que não falta por aqui – respondeu fazendo um gesto de impaciência, e me indicou a fila em que eu devia entrar.
Só depois de eu insistir muito, ele foi dar uma olhada para dentro do carro. Olhou e coçou a cabeça.
– É, este tá bem ruinzinho. O jeito é o senhor conduzi-lo para o Ambulatório.
– E cadê a maca? – perguntei atônito.
– Se for esperar pela maca...
Só faltou eu me ajoelhar para que afinal me ajudasse a tirá-lo dali. E assim, em meio a tropeços e solavancos, pudemos levar o meu acidentado ao Ambulatório dos Primeiros Socorros. Meu Deus, nem mesmo o grande Dante, no Inferno, teria imaginado os horrores que vi: gente estropiada, gente esfolada, gente quebrada. Nunca imaginei que, numa simples e tranqüila manhã de domingo, pudesse haver tantos acidentes!
Da mesa em que o deitamos, meu Zé abriu um olho e, me avistando, apertou-me fortemente o braço.
– Não se preocupe, Josualdo, o médico já vem cuidar de você.
Pelo que pude me informar, ele vivia na casa de uma irmã, e o número do telefone dela estava em sua carteira de documentos. Enquanto o médico lhe prestava assistência fui telefonar para ela, a quem felizmente encontrei. Amenizando o quanto pude a voz e as palavras, eu lhe disse:
– Seu irmão sofreu um pequeno acidente. Mas já está sendo medicado aqui no Hospital das Clínicas.
Só depois que o médico me garantiu estar a situação sob controle, é que me despedi do Zé, desejando-lhe toda a sorte do mundo. Tomei finalmente o carro e me dirigi para a casa de meu pai.
Ele me esperava no portão, de braços levantados. Ao me ver, olhou para seu relógio de pulso e me disse, meio descontrolado:

– Isso é hora de chegar, meu Deus? Um atraso de duas horas!
E antes que eu pudesse abrir a boca, completou:
– Cadê a sua pontualidade? Não, você não parece meu filho!

REFLEXOS BAIXOS

Há muita gente que sonha viajar na terra dos outros e não descansa enquanto não materializar ao menos uma vez o seu sonho. Esse foi o caso de meu amigo Kalman, do Bom Retiro, que, depois de ter entrado em contato com uma Agência de Turismo, acabou adquirindo um "pacote" e fazendo a sua tão sonhada viagem, em companhia da mulher e dois filhos. Queria conhecer os Estados Unidos, em sua opinião o país mais adiantado do mundo.

Poucos dias após a sua volta, encontrei-o casualmente na rua. Ele estava usando camisa esporte e calças novas, que, com certeza, tinha comprado em Miami. Como eu lhe perguntasse pela viagem, respondeu-me enigmático:

– Não foi das piores nem das melhores.
– Como assim?
– Não sei se isso acontece com todo o mundo, mas meus reflexos durante a viagem andaram baixíssimos.

E me contou algumas das peripécias pelas quais passara por causa dessa constante queda ou até mesmo ausência de reflexos.

– Veja, por exemplo, o que foi me acontecer quando saí dirigindo o carro que estava à minha disposição no aeroporto e que vinha incluí-

do no "pacote". Dei a partida, pisei no acelerador e o carro se moveu lentamente; suei com ele por alguns quilômetros e quando já pretendia voltar e reclamar da companhia, foi só aí que percebi que não tinha destravado o breque. Solucionado este probleminha, iniciamos o nosso roteiro da "Costa Leste", com uma escala prevista numa cidadezinha interessante do litoral (cidadezinha é modo de dizer, tudo lá é grande). Ela ficava a cerca de quatrocentos quilômetros. Eu e a Frida estudamos bem o mapa com todas aquelas rodovias numeradas, para não nos enganarmos. Mas, de novo, por pura distração de ambos (queda de reflexos em conjunto, meus e de Frida), cometemos três pequenos erros numerológicos (no terceiro, quase que brigamos), os quais nos custaram, cada um deles, mais cinqüenta quilômetros de ida e cinqüenta quilômetros de volta ao rumo certo. Portanto, bem feitas as contas, a nossa corrida de quatrocentos quilômetros passou para setecentos. Você pode imaginar o que significam setecentos quilômetros, metido num carro com uma esposa e dois filhos querendo fazer xixi, beber, esticar as pernas, isso e aquilo. Bem, chegamos esbodegados à tal cidadezinha interessante. Não vou lhe contar as dificuldades que tive para sair do anel rodoviário em que eu me havia metido: dei pelo menos três voltas completas, e estaria até hoje dando voltas, sem localizar a entrada da cidade, se não fosse por um táxi providencial que encontrei à beira da estrada e que gentilmente me escoltou até o hotel pela módica importância de vinte dólares, sem um centavo a menos.

– Então foi assim o início de sua viagem? – interrompi-o.

– Vá ouvindo. Como eu já disse, chegamos muito cansados ao hotel. Pelo menos as reservas da nossa Agência estavam corretas. O hotel era magnificamente gigantesco (tudo lá é grande), e nos deram um bom apartamento. Não preciso lhe dizer que todos nós caímos duros na cama.

– Mas nem para uma voltinha de reconhecimento na cidade?

– Você está brincando! Estávamos esbodegados. Nenhum membro de minha família, pela primeira vez, falou em comer, beber ou qualquer outra coisa, queríamos apenas dormir. Mas estava escrito que eu não dormiria tão cedo.

– O que aconteceu?

— Tocou o telefone, e me avisaram que eu não podia deixar o carro onde eu o deixara, sob pena de ser guinchado. Explicaram-me que o hotel tinha um pátio de estacionamento especial para os seus hóspedes, e por sinal gratuito, onde devia deixá-lo. E lá fui eu levar o carro para o pátio de estacionamento. O primeiro deles, por sinal gigantesco, estava lotado, bem como o segundo, o terceiro e o quarto (nunca vi tantos carros em minha vida); tive pois de deixá-lo no quinto dos infernos, a cerca de um quilômetro.

— Este é o problema dos grandes hotéis americanos — comentei.

— Era mais do que grande, era gigantesco: coisa pra mil hóspedes. Para encurtar a história, anotei num papel as coordenadas do local, do contrário jamais encontraria o carro, e arrastei-me a pé de volta ao apartamento. E aí um novo problema!

— Qual foi desta vez?

— Eu simplesmente tinha esquecido o número do apartamento. Perambulei pelo corredor, olhando aflito para todas aquelas portas iguais, e não reconhecia a minha. Depois de subir e descer pelo velocíssimo elevador várias vezes, resolvi recorrer à portaria. Só faltava eu me esquecer de meu nome. Por fim, munido de uma chave duplicata, encaminhei-me, fatigado, ao bendito apartamento, onde fui encontrar todo o meu pessoal já ferrado no sono. Frida nem percebeu quando eu entrei na cama.

— Ela não percebeu? — tomei um ar brincalhão.

— Você brinca comigo porque não sabe o cansaço que sentíamos. De minha parte, eu estava realmente acabado. Por isso adormeci profundamente, tal como um homem que adormece para sempre e não quer mais saber de nada. Mas estava escrito que minha primeira noite numa cama verdadeira desde que saí de casa não seria muito tranqüila.

— O que aconteceu?

— Acordei com um barulho esquisito no quarto. Abri os olhos e vi, no meio do escuro, o vulto de um homem trombando com uma cadeira. Em suas mãos estavam as minhas calças.

— Um ladrão?

— Sim, um ladrão em pleno primeiro mundo! Desesperado, gritei: ladrão! ladrão! E ele saiu correndo porta afora. Corri atrás dele, mas o homem era rápido. Você não pode imaginar o alvoroço que apron-

tei. Frida e os meus dois pequenos gritavam e batiam os dentes de medo.
— E onde estava o seu dinheiro? — perguntei.
— Justamente naquelas calças: os dólares, os *travel-checks* e tudo o mais. Frida não se conformava. O funcionário da Gerência procurou consolar-nos, dizendo que o hotel tinha um sistema especial de segurança e que todo ele estava agora cercado pela polícia. "Acabarão pegando o gatuno", garantiu-nos. Enquanto esperávamos pelo milagre, tentei convencer minha mulher de que não era o fim do mundo: na pior das hipóteses, bloquearíamos os cheques roubados, e ainda nos restavam os *travel-checks* e o cartão de crédito que, felizmente, ficaram com ela. E você quer saber de uma coisa? Foi aí que descobrimos que todos os *travel-checks*, inclusive os meus, estavam com a Frida; eu os havia esquecido com ela. Abençoados reflexos baixos! Portanto o prejuízo se restringia apenas aos dólares, e esses dólares, que eu tinha guardado no bolso das calças, não eram muitos; talvez seis ou sete notas de cem, no máximo, conforme meus cálculos.
— Um prejuízo suportável — comentei aliviado.
— Sim, dadas as circunstâncias, um prejuízo perfeitamente suportável. Mas, mesmo assim, Frida não me perdoava a estúpida distração: como é que eu esquecera de trancar a porta? Por fim, pusemos as crianças na cama e já nos preparávamos para dormir, quando ouvimos batidas que vinham da entrada. Antes que eu fizesse qualquer movimento, Frida gritou para mim: "Não abra sem olhar pelo olho mágico". Olhei e vi de pé um guarda de segurança, grandalhão e sorridente; em suas mãos estavam as minhas benditas calças. Abri logo a porta e ele me disse que as tinha encontrado no chão, num dos corredores. Revistei-as e, por incrível que pareça, no último bolso encontrei todos os dólares e eram, para minha surpresa, nada menos do que nove notas de cem.
— Isso é coisa de país do primeiro mundo — comentei assombrado.
— Pois é, afinal tudo não havia passado de um grande susto. Eu e a Frida ficamos rindo durante alguns minutos. Por conta dessa alegria, acabamos assaltando a geladeirinha do apartamento e bebemos alguns drinques. Apagamos as luzes e fomos para a cama.
— Que noite, hein Kalman?!

– Espere aí, não pense que ela havia terminado. Mal adormeci, um grito feminino veio me ferir os ouvidos. Era sem dúvida a voz de Frida. Abri os olhos e olhei para ela, aflito: "O que foi? O que foi Frida? Um pesadelo?" Ela me apontou com o dedo a porta da entrada e gritou: "Não vi você trancá-la". Frida tinha razão. Levantei-me e tranquei-a definitivamente.

QUE ME PERDOE O CACIQUE

Nada tenho contra cachorros, mas nunca fui grande fanático deles. No entanto, de um modo ou de outro, sempre estiveram envolvidos comigo. Por imposições ou por pedidos mais ou menos insistentes de minha família, já passaram por mim Dálmatas, Dobermans, Pastores e até mesmo cachorros vira-latas – ou porque meus filhos os admiravam, ou porque minha esposa os achava úteis na segurança da casa. Enfim, havia inúmeras razões. O fato é que todos os queriam e a coisa acabava sobrando para mim. Lembro-me do primeiro caso, quando eu ainda vivia sob a tutela de meus pais e não tinha nenhuma experiência em matéria de cães.

Morávamos numa casa isolada, em rua de pouca iluminação. A idéia partira de minha mãe: criar um cão policial. Ele significaria segurança para todos nós. E foi assim que adquirimos o Cacique, um cão bonito, saudável e de meter medo em qualquer assaltante. Na qualidade de filho mais velho, fui incumbido de cuidar dele em três coisas: comprar sua coleira, discipliná-lo se possível e vaciná-lo nas épocas devidas. Não me adiantou alegar que não tinha jeito para isso; a tarefa coube-me obrigatoriamente e sem maiores discussões. Dizer

que com o tempo não me afeiçoei ao Cacique seria mentir, o cão tinha suas qualidades, mas ainda assim eu cumpria minhas obrigações em relação a ele com má-vontade e certo fastio. Não sei por que o Cacique acabou me elegendo seu verdadeiro amo e, como tal, ganhei o direito a festas e patadas de carinho que me sujavam a roupa e por vezes me arranhavam mãos e braços.

 O nosso Cacique, que já era grande, cresceu mais e tornou-se uma fera respeitada por toda a vizinhança. Estava escrito, porém, que alguma coisa terrível iria acontecer-lhe e, o pior de tudo, por minha ignominiosa culpa. Determinado dia, voltando da escola, reparei que toda a rua estava deserta; estranhamente todas as casas tinham portas e janelas fechadas. Ao chegar em casa, encontrei minha mãe desesperada. Explicou-me em poucas palavras que o Cacique havia estourado a corrente. Pulara o muro e saíra mordendo todos os cachorros da vizinhança. Mamãe desconfiava de que ele estivesse "raivoso". Aí bateu-me a consciência: eu ainda não o havia levado para a vacina anual.

 – É bom você chamar a rádio-patrulha – gritou-me ela. – Não sei para onde o Cacique fugiu e imagino as atrocidades que ele deve estar cometendo.

 Corri para o telefone público. Na rua, não havia com quem se pudesse trocar uma mísera palavra; todas as portas continuavam trancadas e ninguém ousava pôr o nariz fora de casa.

 Podem imaginar o alívio que senti quando o carro da rádio-patrulha finalmente apareceu tocando a sua sirene. Dei as explicações necessárias e meti-me com os dois policiais no veículo, que logo disparou à procura do nosso Cacique. Os pneus chiavam em cada volta do quarteirão.

 – Como é esse cachorro? – perguntavam-me.
 – É uma fera.
 – Se você o avistar de longe, avise-nos, tá bem?
 – Sem dúvida.

 Pouco depois avistamos ao longe uma multidão ululante, com paus e pedras. À frente dela, vinha correndo um cachorro grande. Era certamente o Cacique, cujo instinto o levava de volta para casa. Os dois policiais sacaram suas armas e pularam para fora. Naturalmente, saí com eles, e não preciso dizer como me batia o coração.

O Cacique vinha correndo agachado, fugindo da turba furiosa. Já mais próximo, parou e lançou seus olhos embaçados em minha direção, eu que era seu amo e senhor, relapso em todos os sentidos. Neste momento, vários disparos foram feitos. A cada tiro o cão saltava no ar. Por fim ficou prostrado no chão, sem vida. Confesso que me esforcei para não chorar.

Os próximos dias foram terríveis para todos nós. A ordem que havíamos recebido do médico do Instituto Pasteur foi a seguinte: todos aqueles que tiveram contato com o cachorro deveriam passar por um tratamento "anti-rábico". Nesses todos estavam incluídos: eu, naturalmente; a Maria, a empregada que dava comida ao pobre animal; e meu pai, a quem Cacique toda a noite vinha lambuzar a mão. Para facilitar as coisas, meu pai comprou o soro e recorreu ao Sr. Vaie, o nosso farmacêutico, para as devidas aplicações. Sr. Vaie explicou-nos sumariamente:

— São catorze aplicações no meio do músculo da barriga, pouco acima ou abaixo do umbigo, uma por dia.

Não adiantava meu pai querer saber por que justamente nessa parte delicada; Sr. Vaie era homem de poucas palavras. Mas quando vi o tamanho da seringa dele, quase desmaiei.

Aquela primeira aplicação deixou-me de barriga estufada e toda a região ficou dolorida. Não dormi bem à noite. A segunda e a terceira aplicações, sempre na mesma região, me deixaram doente. Sr. Vaie, compadecido de mim, passou-me um creme e tentou me consolar com palavras carinhosas. Meu pai e dona Maria não diziam nada; eles também tinham seus problemas.

— Meu Deus, não agüento mais — gritei.

— É pra seu bem — ouvi a voz trêmula de meu pai.

No dia seguinte, lá estávamos de novo para receber a quarta aplicação. Eu ardia de febre. Declarei peremptório:

— Posso morrer, mas não vou tomar mais.

Sr. Vaie espantou-se:

— Não toma?

— Não, não tomo, prefiro morrer. Aliás, já estou morrendo.

O farmacêutico virou-se para meu pai, como a lhe pedir uma intervenção.

– Quer saber de uma coisa, Sr. Vaie? – meu pai escandiu bem as palavras. – Se meu filho vai morrer, morro com ele. Também não tomo.

Bem, não tomamos e, afinal, sobrevivemos. Aliás, a Maria, a nossa boa Maria, também não tomou e sobreviveu. Deus é grande!

PRESERVATIVOS DE ONTEM

Outro dia, assistindo na televisão a uma dessas propagandas de preservativos, dentre tantas que fazem parte da campanha de combate à AIDS, lembrei-me de um episódio de minha adolescência, isso num tempo quando a humanidade nem sonhava com o terrível mal que a ataca hoje e se alastra de uma forma tão implacável. Eram outros os costumes e outras as preocupações. Em nosso pequeno mundo do Bom Retiro, nós garotos de rua vivíamos às voltas com descobertas e aventuras ingênuas, principalmente no campo do sexo, assunto que, nem preciso dizer, era tratado com muita reserva e discrição por nossos pais, o que, naturalmente, contribuía para ampliar nossa cota de curiosidade e incendiar cada vez mais a nossa fértil imaginação.

Foi numa dessas tranqüilas tardes de sábado, quando pouca coisa acontecia no Bom Retiro capaz de nos tirar da apatia e do marasmo. Em meio ao descanso sabático, a paz e o silêncio reinavam em todas as ruas do bairro. E teria sido um sábado como qualquer outro se não fosse pela novidade que nos trouxera um companheiro. Este vinha observando de algum tempo os hábitos misteriosos e não muito ortodoxos de seu Aníbal, um italiano que morava na vila da rua Prates,

em companhia de sua esposa, Dona Concheta, uma mulherona gorda e viçosa. Seu Aníbal, todo sábado, nas primeiras horas da tarde, infiltrava-se na Farmácia do Sr. Vicente para comprar em segredo alguma coisa. E a suspeita levantada pelo nosso companheiro era de que a tal coisa (imaginem!) fosse um par de "camisinhas". Opa, isso nos interessava! Ninguém desconhecia a finalidade para a qual se destinavam tais artigos. Sim, o assunto nos interessava, e muito.

A idéia que acabou vingando, abraçada por todos com entusiasmo, foi a de acompanharmos os movimentos de seu Aníbal e, surpreendendo-o em flagrante delito, embora seu objetivo fosse apenas para fins puramente domésticos, alardearmos a descoberta em altas vozes. Aprovada a brincadeira, que nos parecera muito divertida, ficamos de tocaia, à espera do homem.

Seu Aníbal não demorou muito a chegar. Ele vinha com as mãos no bolso, conforme seu costume, e seus passos o levavam para a Farmácia. Conhecíamos muito bem seu Aníbal, mas agora, era sob uma nova perspectiva que o víamos: o grande fornicador! Até mesmo certos pormenores que se podiam distinguir em sua figura comum, tais como a barriguinha burguesa, o bigode à Clark Gable e o nariz abatatado, nesse momento assumiam para nós conotações especiais.

– Vejam só – dizíamos uns aos outros – o nosso inofensivo Aníbal... ele e a Concheta... Quem diria?!

Já estávamos sabendo que o homem era cauteloso e fazia rodeios antes de entrar na Farmácia. Estudava bem o local e só se abalançava a entrar quando não havia mesmo ninguém. Justamente naquele momento, duas senhoras vinham sendo atendidas no balcão pelo Sr. Vicente. Seu Aníbal parou junto da porta, deu nova olhada para dentro e ficou à espera. Acendeu um cigarro e, como quem estivesse ali por acaso, deixou-se ficar contemplando o escasso movimento da rua. De nossas posições estratégicas não o perdíamos de vista. Dois dos nossos ficaram no meio da calçada, a poucos passos do local, conversando do modo mais comum, mas com a missão específica de nos convocarem no momento exato.

Quando as duas senhoras finalmente pagaram as contas e começaram a sair, só então é que seu Aníbal permitiu-se dar um passo para dentro. Mas deteve-se no meio do caminho ao perceber que Sr. Vicente

fora para os fundos e quem ficara no balcão em seu lugar era a bela Mariana.
— Boa tarde, seu Aníbal — cumprimentou-o a jovem filha do Sr. Vicente, uma moça de vinte e poucos anos, formada recentemente na Faculdade de Farmácia, e cujo noivado com o dentista, Dr. Octacílio, vinha sendo muito comentado. — Posso lhe servir em alguma coisa?
Seu Aníbal tirou as mãos do bolso e olhou-a indeciso. A um sinal imediato dos nossos companheiros observadores, aproximamo-nos depressa, para assistir à grande cena. O excitamento nos fazia perder o fôlego.
— Vou querer... — seu Aníbal hesitou um momento. — Vou querer... um vidro de Leite de Magnésia.
— Leite de Magnésia? Mais alguma coisa?
— E cadê o seu Vicente? Não vai voltar?
— Está lá dentro aviando uma receita.
Seu Aníbal suava em bicas, hesitante e sem coragem.
— Pode falar comigo, seu Aníbal. Vai precisar de mais alguma coisa?
— Sim, um sabonete... um sabonete Lever.
Quando ela lhe deu as costas para buscar os dois produtos, o italiano esticou-se na ponta dos pés para ver se dava com Sr. Vicente, com quem tinha mais liberdade. Mas a moça voltou logo, trazendo um pedaço de papel colorido, pronta para embrulhar o vidro e o sabonete que tinha nas mãos.
— Então, mais alguma coisa? — ela perguntou.
Seu Vicente hesitou de novo.
— Sim, um pacotinho de algodão.
De novo ela deu meia-volta. Todos nós estávamos bastante inquietos. Alguém cochichou:
— Ele está comprando toda a farmácia!
Mariana voltou logo sobraçando o pacote de algodão, e até aí nada do Sr. Vicente aparecer.
— Mais algum pedido? — a jovem Mariana deu-lhe um sorriso amigo.
Ele olhava aflito para ela. Por fim, fez um sinal com a cabeça em direção ao fundo da Farmácia e, abaixando um pouco a voz, formulou seu pedido:

– Me traz um "Melhoral"... Você sabe o que é. Ou melhor, dois.

Para quem não saiba, o "Melhoral" era apenas um analgésico para dor de cabeça, muito popular nos anos 40 e 50. Mas a moça, ao ouvir o pedido, parou um momento para refletir. E então, como acabasse de entender a intenção dele, esboçou um novo sorriso.

– Tamanho médio ou grande?

A senha não podia ser mais clara. Logo que a ouvimos, saímos todos gritando em coro:

– Seu Aníbal comprou duas camisinhas! Seu Aníbal comprou duas camisinhas!

Como se pode ver, eram outros aqueles tempos e outros os nossos costumes.

NÃO ESQUENTE A CABEÇA

– Vai uma engraxada, doutor?

Meus sapatos bem que precisavam de uma engraxada; por isso, sentei-me naquela cadeira, disposto a perder alguns minutos. No entanto, creio que os ganhei mais do que perdi, dada a singular conversa que tive com o engraxate.

Em sua cadeira, forrada com uma espécie de almofadão, havia surpreendentemente um exemplar surrado do jornal *O Estado de São Paulo*, que ele oferecia aos fregueses para leitura como cortesia da casa.

– O senhor lê o *Estadão*?! – perguntei. – A maioria de seus colegas prefere *Notícias Populares*.

– *Notícias Populares*! Se espremer esse jornal, sai sangue puro dele, isso não é leitura para ninguém.

Seu jeito correto de pronunciar as palavras me chamou logo a atenção. Tinha uma grande palidez espalhada no rosto, como quem estivesse doente ou até mesmo passando fome.

– Como vão os negócios? – tentei puxar prosa.

– Fracos como todos os outros deste país. O senhor quer saber de uma coisa? A situação aqui está bem preta, muita gente passando

fome. Não é meu caso, graças a Deus. Pelo menos agora tenho trabalho.
Cada vez mais intrigado com o seu estilo e com sua maneira de falar, perguntei:
– O senhor por acaso teve escola primária?
– Mais do que isso: tenho diploma universitário – disse ele, imperturbável, sem erguer os olhos, e tomando todo o cuidado para que sua escovinha molhada de tinta não me sujasse as meias.
Pensei que eu não escutara direito, ou, se escutara, tratava-se indiscutivelmente de algum exagero dele.
– O senhor quer dizer que cursou o ginásio, não é?
– Não só o ginásio, como o colégio e a universidade.
– Não me diga!
– Por que essa surpresa? Um engraxate ganha aqui entre nós tanto quanto um professor, isso quando o professor conta com alguma colocação. E olha que já dei aulas.
– O senhor já deu aulas?!
– Sim, uma vez num ginásio particular e outra, num do Estado, e me puseram no olho da rua. Quando bateu a última crise, fui substituído por uma professorinha a quem ofereceram um salário inferior ao meu, que já era de fome.
Pela primeira vez, ele afastou os olhos dos sapatos que engraxava e fixou-os em meu rosto, como quem procurasse avaliar uma eventual reação às suas palavras.
– O senhor com certeza deve estar achando que sou maluco, não é verdade?
Dei-lhe um sorriso amarelo.
– Pois saiba, abracei a nova profissão há poucos meses. Antes disso, eu havia tentado de tudo; não só passara por vexames e desgostos, como perdia meu tempo. Creia-me, foi justamente como engraxate que pude sair do sufoco. Durmo agora mais tranqüilo; não de barriga cheia, é verdade, mas tranqüilo. Quer saber o que penso da atual situação em que se meteu o nosso país? Quer?
Ele molhou de leve numa latinha d'água o pedaço de pano que usava para lustrar os sapatos e, estendendo-o sobre a biqueira de um deles, começou a esfregar energicamente, num movimento de vai-e-

vem, acompanhado de sonoros estalos, até produzir o brilho necessário. E, sem interromper a operação, disse:

– Vou lhe dizer o que penso do grave momento em que vivemos. É uma apelação geral, um salve-se quem puder. Veja bem: do pouco dinheiro que ganho hoje em dia, se não tomo o devido cuidado, até este me roubam. Já fui assaltado no ônibus, na rua, na minha casa. Se é que se pode chamar de casa aquilo em que moro!

Havia certa exaltação em sua voz. A essa altura, confesso, eu já andava meio preocupado com o equilíbrio mental dele, e isso para não usar de expressão mais forte. De qualquer modo, concluí, o aconselhável seria manter-me em silêncio e não retrucar mais nada.

– O senhor acha que estou exagerando? Veja aquele homem que vende cachorro-quente na esquina; sabe quem é? Trata-se de um engenheiro, ele ficou desempregado durante um ano. O senhor vê aquele outro engraxate, esse que tem o seu caixote debaixo da árvore? Sabe quem é? Sabe?

– Não, não sei – respondi timidamente.

– É um sociólogo. Ah, uma triste profissão nos dias de hoje!

Depois desse último rompante, já algo mais tranqüilo ele voltou a concentrar-se em seu trabalho. E após alguns minutos, dando-o por encerrado, avisou-me disso com uma leve pancadinha numa das minhas pernas.

– Os sapatos ficaram uma beleza – comentei, meio sem jeito. – Quanto lhe devo, amigo?

Disse-me o valor, e ficou olhando fixamente para a carteira da qual eu procurava sacar uma cédula. Não encontrando nenhuma pequena, dei-lhe a que eu tinha.

– Não tenho troco para tanto, doutor – respondeu-me.

Era minha menor cédula e ela representava um valor bem maior do que o mencionado por ele.

– Quem sabe encontre troco com os seus colegas – sugeri.

– Estão todos duros. Mas não esquenta a cabeça, doutor; o senhor me pagará amanhã.

Meu Deus, ele estava me dando crédito! Não me conformei:

– Bem, vou até o bar da esquina e troco o dinheiro.

– Ora, não esquente, doutor.

Tentei aqui e ali, mas não consegui trocar a cédula em parte alguma. Voltei acabrunhado para o meu engraxate.
– Ora, não esquente, doutor – ele insistiu de novo.
– Não vai lhe fazer falta mesmo? – eu estava sem jeito.
Agradeci a confiança e despedi-me. Já estava a uma quadra dali, quando a consciência me fez voltar.
– O senhor me desculpe, mas gostaria que ficasse com o dinheiro – propus.
E ele, sem mudar de expressão, com aquela palidez doentia que tomava conta de seu rosto, comentou:
– É! Eu sabia, o senhor ia esquentar a cabeça, doutor.

DIÁLOGO DOMÉSTICO EM UM ATO

(Estendido na poltrona da sala, com os pés apoiados num pufe, Maier lê o jornal. Bela, sua mulher, aproveitando o foco de luz do abajur, faz as unhas.)
– Como está você de dinheiro, Maier?
– Por quê?
– Preciso de um dinheirinho extra para despesas.
– Que espécie de despesas?
– Preciso dizer? Roupas pra mim, pra Raquelzinha, um par de tênis pro Jaiminho...
– Nada mais?
– Também estamos precisando de bolsa, sapatos novos...
– Você acaba de me estragar a noite, Bela.
– Eu?!
– Minha situação financeira este mês já não ia bem; agora vai ficar pior.
– Espere um pouco; mês passado você me disse a mesma coisa.
– Em quanto importa essa despesinha extra, Bela?
– Não sei, vou sair amanhã pra ver as lojas.

— Que coisa engraçada, não consigo mais me concentrar na leitura! Poderia me dar uma idéia do montante global da despesa?
— Tudo subiu muito, querido.
— Isso eu sei, está aí no jornal.
— Veja bem, o Jaiminho anda com o tênis rasgado, tenho de comprar pra ele um tênis novo, urgente. Ele quer Nike ou All Star.
— Oh, que seja Nike ou Shmaike. E quanto às suas roupas e às de Raquelzinha?
— Você não vai querer que ela se apresente na festa do *Bar Mitzvá* de seu primo com um vestido velho e aqueles sapatos fora de moda, vai? Pra mim mesma, não faço nenhuma questão.
— Está bem, está bem... mas quanto, Bela?
— Já lhe disse, não sei. Vou ver amanhã.
(Maier contorce-se na poltrona. Bela olha para ele com um ar de insatisfação).
— Meu Deus, sempre temos de discutir por bobagens, Maier?
— Não estou procurando discutir. É que tenho tanta coisa pra pagar este mês: imposto, despesas de condomínio, contas de luz, telefone, gás. Ainda ontem paguei uma nota alta para o conserto da máquina de lavar roupa e do *freezer*.
— Por falar em pagamentos, amanhã você vai receber um telefonema de uma pessoa.
— Que pessoa?
— Dei uma batidinha no carro e pedi um orçamento da oficina.
— Foi uma batidinha ou uma batida?
— Bem que eu lhe avisei, Maier; o seguro estava no fim e precisávamos renová-lo.
— Você tem idéia de quanto representa essa batidinha?
— Nenhuma. Por favor, não me faça essa cara! Se você quiser eu não guio mais, vou andar só de táxi ou então me arrume um chofer, como fazem todos os outros maridos.
— Coisa curiosa, Bela, não consigo ler!
(Nesse ponto Bela perde a paciência com a pintura das unhas.)
— Que porcaria de esmalte! Eu devia ter comprado um esmalte melhor, fiz economia e aí está. Economia é sinônimo de porcaria. Há quanto tempo não vejo um salão de Beleza?

(Maier larga o jornal e levanta-se da poltrona. Bela volta-se para ele.)
— Pra onde é que você vai?
— Vou tomar banho.
— Pra quê?
— Pra refrescar a cuca.
— Parece que você está zangado comigo, meu bem...
(Bela pisca os olhos, com cara de quem vai chorar. Maier aproxima-se dela, arrependido, e a beija na testa.)
— Não queridinha, não tenho nada contra você. Estou zangado é com o mundo, você não tem a menor culpa.
— Jura?
— Juro.
— Você ainda me ama?
— Amo, sim. Vou tomar banho e volto em seguida para um drinque gostoso. Nós precisamos é de uma boa noite de amor, Bela.
(Bela enxuga os olhos e solta um suspiro profundo.)
— Infelizmente tenho mais um recadinho pra você, Maier.
— Qual?
— O homem do aluguel... esse do nosso apartamento, telefonou hoje e quer falar urgente com você.
(Cai o pano.)

*A VIAGEM DE DONA RUCHL**

Da viagem, por via aérea, de dona Raquel (Ruchl, para os íntimos) à Terra de Israel, conheço alguns pormenores da ida, pois viajei, casualmente, em sua companhia, e até alguma coisa da volta, porque depois me contaram. Foi uma viagem sem dúvida interessante, conforme verão nesta narrativa.

Mal o nosso aparelho levantara vôo, já se rompia o grave silêncio que até então reinava a bordo. O grito que ouvimos (que ela garantiu ter sido uma espécie de suspiro incontrolável) foi de tal ordem que o próprio comandante, piloto de larga experiência, ao captá-lo em sua cabine, por um momento estremeceu e viu-se atrapalhado com as alavancas de comando que lhe escapavam das mãos.

Com o chapéu caindo para um lado, e a bolsa de crocodilo pendurada no braço direito, ela estava de pé, soprando feito uma locomotiva. Eu mal a conhecia, mas como se tratasse de uma vizinha de poltrona, procurei ajudá-la:

* Provém de uma série de crônicas publicadas em outro livro do autor, aqui refundidas numa só narrativa.

— Calma, calma, tudo está em ordem... sente-se, minha senhora. Um fino bigode de suor cobria-lhe toda a parte superior do beiço. Tentou sorrir para mim.
— Tudo em ordem — tornei a lhe dizer. — O avião está voando normalmente, não há o que temer.
Um pouco mais tranqüila, ela concordou em sentar-se, mas, ao virar o corpo, a perigosa bolsa que mantinha no braço, se eu não fosse tão ligeiro como sou, teria me pegado um olho de raspão.
— A senhora nunca voou? — tentei dizer alguma coisa para entretê-la.
— Meus filhos *meshugoim* me meteram neste caixão e me deixaram sozinha. Estou bastante aflita.
Foi aí que eu soube de quem se tratava.
— Está tudo bem, dona Raquel, não se preocupe. Será uma bela viagem.
Um outro passageiro, percebendo nossos apuros, tentou intrometer-se.
— Um bom conhaque lhe faria bem — disse ele.
— Mande esse *ferd* fechar a boca — Dona Raquel desabafou no seu *idish* mais puro, e a voz dela se pôde ouvir em todo o interior da nave.
O tal passageiro recuou rapidamente a cabeça e não se meteu mais.
— O senhor vai também para *Eretz*? — ela me perguntou ansiosa. — Meus filhos *meshugoim* me disseram que teremos de fazer baldeação num lugarzinho chamado *London*.
— Londres?
— Iô, *London*. Lá se fala só *English*, não é?
— Sim.
— Pois eu não falo nenhuma palavra desse maldito idioma, e ainda não sei como farei para transferir minhas malas para o avião da El Al.
— Não se preocupe, dona Raquel, o próprio pessoal da companhia se encarrega disso.
— Não, isso não. Minha vizinha, Sheindl, já viajou e me disse para tomar cuidado. Os *ganovim* surrupiaram uma camisola de sua mala.
Passada essa primeira fase, que foi de certo nervosismo, tentei cochilar um pouco, e já o estava conseguindo, quando dona Raquel me bateu no ombro.

– O senhor me faria um favor?
– Pois não.
– O senhor conhece *London*?
– Um pouco.
– Então lhe peço que não deixe de me avisar quando pousarmos nesse *shtetl*, sim?
– Não tem perigo, todos nós teremos de descer ali.
– Minha vizinha, Sheindl, ficou um tempão sentada na poltrona, sem saber que era *London*.
– Ora, eles costumam anunciar pelo alto-falante!
– Acontece que Sheindl, quando está nervosa, fica surda como uma porta, e o mesmo pode acontecer comigo.
– Ah, entendi: a senhora teme ficar nervosa.
– E como não ficar? Imagine, de *London* partiremos para *Eretz*, e, em seguida, eu, Ruchl *bas* Leie, estarei pisando a mesma terra que o nosso grande *Moishe Rabeinu* pisou.
– *Moishe Rabeinu* nunca pisou em solo israelense – informei delicadamente.

Ela não se conteve:
– Mas que diabo! Parece que você tem essa mesma mania de meus filhos! Eles vivem me desmentindo tudo.

As horas corriam e, a certo momento, foi servido o almoço a bordo, o qual teve a tradicional classe e fartura das companhias internacionais. Dona Raquel, por via das dúvidas, meteu algumas coxinhas, chocolates e doces na bolsa, para qualquer necessidade futura. Terminado o serviço, tentei mais uma vez tirar um cochilo, e já estava começando a me embalar, quando fui de novo sacudido.

– Olhe, não é bom dormir logo depois da refeição – a cara de lua cheia de dona Raquel sorria para mim com seu ar maternal.
– Não, eu apenas estava cochilando, dona Raquel.
– Que cochilo, que nada! O senhor estava era roncando mesmo – corrigiu-me.

Deixando para trás outros pequenos incidentes, volto-me agora para o momento grave em que o nosso avião se preparava para aterrissar em Londres, esse estranho *shtetl* a que dona Raquel se referia.

Endireitadas as poltronas, afivelados os cintos de segurança, ficamos todos na expectativa.
— O senhor não se incomodaria de me segurar a mão? – pediu-me ela.
Dona Raquel tinha idade para ser minha mãe, por isso não me fiz de rogado. Mas ao segurar-lhe a mão, senti-a tão gelada que achei por bem confortar a pobre mulher:
— Não tem perigo, dona Raquel, este avião já fez centenas de aterrissagens.
— Centenas! É por isso que tenho minhas preocupações. Pode dar-se mal desta vez.
Sorri amarelo, sem responder, e por um momento fechei os olhos.
— Se o senhor continuar de olhos fechados, não vai poder fazer nada.
— Ora, relaxe, dona Raquel, logo mais estaremos todos em chão firme.
Mal acabei de falar, o avião deu um bom solavanco, e o grito que ela soltou (garanto que não foi nenhum suspiro) sacudiu-me da cabeça aos pés. Só pude dizer:
— Calma, calma, dona Raquel... iiiii-isso não é nada.
— Este motorista é um *drec* – ela começou a perder a compostura.
— Que motorista?
— Esse aí que dirige o *aeroplan*.
— Ele sabe muito bem o que faz.
— Já vi que o senhor não passa de um *fleugmat*. O *aeroplan* pode esborrachar-se e o senhor ficará aqui, nesta poltrona, de olhos fechados, sem mover uma palha.
Outro solavanco, e desta vez dona Raquel não só deixou escapar mais um de seus famosos gritos, como me meteu fundo na mão suas pequenas mas bem afiadas unhas.
Felizmente o avião aterrissou como deveria aterrissar. E não direi nada do último grito que dona Raquel emitiu, pois este foi inteiramente absorvido pelos assobios e pelo troar ensurdecedor das turbinas. De minha parte, confesso, eu estava com os nervos em frangalhos.
Das impressões gerais de dona Raquel sobre Londres, embora ela não se tivesse afastado nem um metro além dos limites do aero-

porto, posso testemunhar, pois estivemos juntos praticamente o tempo todo. Digo praticamente, porque houve uma ou duas vezes que me foi necessário pedir-lhe licença para uma rápida visita aos sanitários. Ela me ficou esperando do lado de fora.

Para o nosso programado vôo pela El Al com destino a Israel, ainda tínhamos um tempo de espera de pelo menos três horas. Dona Raquel, por quem fui literalmente adotado, nesse período todo não desgrudou o pé de mim. Tinha receio de se perder. Feita a necessária transferência das malas, ficamos por ali flanando e xeretando como fazem todos os turistas que não têm o que fazer. A certa altura, convidei-a para um refresco no moderno bar do aeroporto.

– O senhor está mesmo com sede? – perguntou ela.

– Não se preocupe com as despesas, dona Raquel, eu quero ter o prazer de pagar-lhe um drinque.

– Ah, drinque! Eles falam *idish* por aí?

– Drinque quer dizer em inglês bebida.

– Para mim, essa palavra foi surrupiada do *idish*. *Trinkn* é o certo.

Algumas das mesinhas estavam ocupadas por outros turistas. Atrás do balcão um elegante *barman* preparava coquetéis, enquanto o seu colega ia circulando entre as mesas e servindo a este ou aquele.

– Vamos pedir o tal *trinkn* no balcão – sugeriu dona Raquel, meio apreensiva.

– Por quê?

– Minha vizinha, Sheindl, me disse que no balcão é sempre mais barato.

– Não, não se preocupe, a senhora hoje é a minha convidada.

– Bem, se o senhor quer bancar o Rothschild e jogar fora o seu dinheiro...

O problema, contudo, começou quando o grandalhão do *waiter* se aproximou da nossa mesa, olhou para dona Raquel e esta olhou para ele.

– *Good morning*! – ele cumprimentou-nos, com aquele sotaque inconfundível dos ingleses, e nos entregou a cartela de bebidas.

– O que que esse *englander* está falando? – perguntou-me dona Raquel, sem tirar os olhos dele. O garçom estava perfilado, reto feito uma estaca.

– Ele simplesmente espera que a gente faça o pedido.

— Para mim, peça uma garrafinha de Guaraná, tanto faz da Antártica como da Brahma — disse ela, afastando de si com nojo a longa cartela.

Mais tarde, voltamos a sentar-nos no grande saguão, por onde passavam mulheres de rosto pintado, expressão *blasé*, vestidas com finos casacos de pele e acompanhadas de homens de sobretudos elegantes, chapéu-coco e bengala na mão. O desfile de tipos estava deixando dona Raquel espantada.

— *Meshuguener velt*! — exclamou ela. — Parece-me que esses *englanders* têm o rei na barriga.

— De fato eles têm uma rainha.

— Não me diga! E o que faz a rainha deles?

— Pouca coisa, na verdade quem governa é o primeiro-ministro.

— Desse jeito, até eu podia ser uma rainha! — exclamou, soltando um risinho. — E quanto ganha essa rainha?

— Qualquer coisa acima de cem mil libras.

— *Meshuguener velt*! Ganhar tanto, sem fazer nada? Graças a Deus, em Israel, não temos reis nem rainhas, a não ser os do baralho.

— Sim, mas já houve reis em Israel. Que me diz a senhora do Rei Davi? Do Rei Salomão?

— Quanto ao *Duvid Hamelech*, não sei, mas desse Shloime, dizem que era um tanto chegado a nós mulheres. Tinha mil *vaiber*, e até uma *mulatque*, a tal rainha de Sabá, de dar saliva na boca de muitos portugueses.

Havia outra coisa que andava intrigando dona Raquel: era justamente a língua inglesa. O tempo todo ficava de ouvido atento para ver se captava alguma expressão.

— Para mim, esses *englanders* roubaram muita coisa do nosso *idish* — dizia-me, balançando a cabeça.

— Como assim?

— Naquele sanitário em que o senhor se meteu, por exemplo, estava escrito *Gentleman*. *Gentl*, não sei bem o que é, mas *man*, não é puro *idish*?

Dei-lhe um sorriso e preferi ficar quieto.

— E quando o senhor foi reclamar com aquele *ferd* do bar o troco que esqueceu de lhe devolver, o que foi que ele lhe disse?

— Oh, *my God*! Foi apenas isso.

– Núu... justamente, *God*, *Got*. Está aí outra palavrinha importante tirada diretamente do *idish*. Quer ver uma coisa? Se eu falar com qualquer um deles em puro *mame-loshn*, o sujeito vai me entender.

Nisso, passa por nós um hindu de roupa e turbante exóticos. Dona Raquel pisca-lhe o olho e lhe diz à queima-roupa:

– *Gut morgn, balebos*!

– *Good morning, lady*! – respondeu ele com cortesia.

O avião da El Al acabou saindo com o atraso costumeiro. Já sentada junto a mim, numa poltrona confortável a bordo do grande avião, dona Raquel estava toda prosa.

– É como se voássemos para *Eretz* num tapete mágico – disse-me ela, com seus olhinhos brilhando de excitação.

Desde que o avião da El Al havia decolado, ela não parava de falar.

– Veja só a diferença quando o motorista é judeu – informou-me.

A esta altura eu já sabia que esse tal motorista era o comandante da nave, e a confiança que ela depositava nele era mais do que visível.

Logo de início, duas coisas a deixaram encantada. A primeira, quando o comissário de bordo, usando o alto-falante, num sonoro e patriótico hebraico, cumprimentou os passageiros, dando-lhes as boas vindas, o *Baruch-habá*. Dona Raquel só faltou uivar de orgulho.

– Não entendo uma palavra do que ele diz, mas o que ele diz é lindo – ela me cutucou com o fecho perigoso de sua inseparável bolsa.

A segunda coisa que a levou praticamente ao delírio foi quando sentiu no ar, vindo da pequena copa, um leve cheiro característico de *guefilte-fish*.

– Ah, agora sim estou em casa! – exclamou várias vezes.

Tão entusiasmada estava que começou a ensaiar com sua vozinha ora estridente, ora anasalada, algumas notas do *Hava-naguila*. Eu olhava para ela sorrindo.

– O senhor não conhece o *Hava-naguila*? – ela comentou, ao me ver assim em silêncio.

– Claro que conheço, nasci ao som de *Hava-naguila*.

– Então, por que não canta junto comigo?

Pshii... shequet, gritou um passageiro atrás de nós, começando a se inquietar com a cantoria dela.

– O que que esse *beheime* está mugindo? – gritou dona Raquel mais alto ainda, só não pulando da poltrona porque estava imobilizada pelo cinto de segurança.

Nesse momento um ronco forte do avião da El Al se fez ouvir, acompanhado de uma boa sacudidela.

– *Gotenhu...* que é isso? – por um instante ela interrompeu a cantoria.

– Não é nada, o comandante ficou um pouco emocionado – apressei-me a confortá-la.

Vencido o ligeiro incidente, ela voltou a cantarolar, porém baixinho.

– O senhor pode me explicar uma coisa? – Dona Raquel olhou-me fundo nos olhos. – Eu queria saber o motivo de umas pontadas que venho sentindo bem aqui.

– Pontadas fortes? Onde? – alarmei-me.

– Aqui, bem aqui.

Sua mãozinha gorda pousou num ponto algo acima da barriga, supostamente o coração. Diante de meu silêncio, ela esboçou um gesto.

– Ah, o senhor não sabe? Pois então eu vou lhe dizer.

E dona Raquel, essa singela mulherzinha do Bom Retiro, a quem eu mal conhecia, voltou os olhos para algum ponto vago fora do avião, ponto este além das nuvens e do próprio horizonte, e completou:

– É que eu, Ruchl *bas* Leie, depois de dois mil anos de andanças, estou voltando para casa.

Sou obrigado a confessar que essas palavras dela me pegaram virtualmente de guarda baixa. Ah, dona Raquel, dona Raquel!

Enfim, foi esta a parte sumária de sua viagem que eu pude testemunhar. Infelizmente, pouco sei da estada dela em Israel, já que nossos caminhos se separaram quando nosso avião pousou no aeroporto de Lod. Quanto à sua viagem de volta ao Brasil, pelo que vim a saber por puro acaso, destaco o seguinte: numa das escalas (baldeações, como ela dizia), ao pretender retomar seu avião, meteu-se numa fila errada e ninguém sabe como e de que modo acabou entrando num aparelho que a levou para outro extremo do mundo: a Austrália. Ao dar-se conta do lamentável engano (bem que havia desconfiado), tamanho foi o escândalo que ela aprontou naquele aeroporto australiano (usando sempre seu *idish* castiço), que as autoridades locais apressaram-se a enfiá-la no primeiro jato e a repatriaram diretamente para o Bom Retiro.

Mas ainda resta um pequeno epílogo que não posso deixar de contar. Quando me despedi de dona Raquel, no aeroporto de Lod, em Tel Aviv, tendo-a visto pela última vez tão eufórica, com ares de turista, bolsa elegante pendente do punho, e tão alegre e vibrante, eu jamais podia imaginar em que circunstâncias a iria rever e reencontrar anos depois.

Estava eu, um certo domingo, prestando visita a um professor, velho amigo da família, no Lar dos Velhos, quando, para minha grande surpresa, avistei-a sentada num banco do jardim de entrada. Sozinha, bem em frente de um pequeno canteiro de flores, ela tomava o sol da tarde. Quase não a reconheci.

– Dona Raquel, lembra-se de mim? – exclamei.

Ela me encarou por alguns segundos e, depois, abriu-se num largo sorriso que eu bem conhecia.

– Ah, sim, aquela nossa viagem para *Eretz*! O senhor também foi despachado para cá?

– Não, não – respondi rindo. – Continuo aí fora. Como vai a senhora?

– Como vê, não estou mal. Um pouco remendada aqui, um pouco remendada ali.

– A senhora, então, se lembra da viagem? – procurei assumir uns ares descontraídos.

– Como não lembrar, se foi a maior viagem de minha vida? Em minha volta, porém, tive alguns desencontros. Cheguei a conhecer a Austrália, um país de que nunca tinha ouvido falar. Mas, valeu, ah se valeu! Sem dúvida foi um belo presente de meus filhos *meshugoim*.

– E como vão eles?

– Vêm-me visitar de vez em quando. Trazem-me flores, bombons, presentinhos. Bons rapazes, não deixam faltar nada.

– Que fazem eles?

– O mais velho, Berl, tem uma fábrica de elásticos; em criança, ele gostava de brincar com estilingues. O segundo, Ianquel, é um médico operador, e dos bons.

– A senhora tem ao todo quantos filhos?
– Cinco homens e todos casados. Ah, não me foi fácil educá-los. Que o diga meu falecido esposo, Shmul, que Deus o tenha! Mas hoje todos estão muito bem de vida.
– Meus sinceros parabéns.
– Que parabéns! Quer saber de uma coisa? Ainda acho que a educação deles não está completa. Velvl, o engenheiro, ainda tem a mania de roer as unhas. Idl vive às voltas com as cartas. E Iossl, o artista, vive no mundo da lua.
– Bem, ninguém é perfeito, dona Raquel.
– Sim, isso é verdade. Era o que vivia me dizendo meu querido Shmul, que Deus o guarde. A própria natureza tem os seus defeitos, dizia ele.
Olhei-a no fundo dos olhos e percebi o quanto estavam mergulhados em reflexões. Eu sabia que alguma coisa a atormentava. O pior delator da alma sempre foram os olhos, diz um velho ditado.
– Sim – continuou ela após uma longa pausa –, existe uma questão que, desde que vim para cá, vivo remoendo e para a qual não alcancei resposta. Quem sabe o senhor me poderia dá-la.
Fiquei à espera, e desde já me penitencio do tom algo grave com que esta crônica possa terminar. Dona Raquel hesitou por um momento e depois disse:
– Diga-me, meu querido amigo: por que será que uma mãe, na mesma casa, consegue viver com cinco filhos, mas cinco filhos não conseguem fazê-lo com uma só mãe?

HISTÓRIAS COM SABOR JUDAICO

OTIMISTA INVETERADO

Ianquel Federman era um otimista inveterado e mesmo quando a sorte madrasta lhe pregava um golpe duro ele não deixava de enfrentá-la com galhardia e bom humor. No entanto, o último revés que sofreu deixou-o em estado deplorável. Foi quando sua pequena loja no Bom Retiro, da qual tirava o seu sustento, pegou fogo, e ele mal pôde escapar com vida. Internado às pressas no Hospital, teve de ficar na cama um longo período, com as pernas engessadas, os braços enfaixados, queimaduras graves espalhadas em boa parte do corpo e a metade do rosto paralisada.

Um amigo que foi vê-lo no Hospital ficou impressionado com ele. Não sabia o que lhe dizer.

– Você sente muitas dores, Ianquel?

Os olhos de Ianquel Federman brilharam.

– Não – respondeu ele –, só quando tento rir.

ESTRANHO NO NINHO

Isaac Birinbaum caminhava de volta para casa, depois de um dia pesado de trabalho, quando começou a chover forte e, em poucos minutos, estava molhado até os ossos.

Olhou para todos os lados, procurando um lugar onde pudesse abrigar-se, e a única porta aberta que viu foi a de um Templo Evangélico. Na entrada havia uma placa com os seguintes dizeres: "Entre e será salvo". Não lhe restou outro jeito senão entrar, e foi sentar-se discretamente num banco da última fila.

Naquele momento o pregador ocupava o Altar exortando os presentes a "amarem Jesus e seguirem o seu caminho de salvação".

Isaac Birinbaum, embora se sentindo ali um estranho no ninho, acompanhou com todo o respeito a prédica, que era eloquente e sincera. Por fim o pastor anunciou:

– Os que desejam entrar no Reino dos Céus tenham a bondade de pôr-se de pé.

A este apelo todos se ergueram num movimento único. Todos, exceto o Isaac, que ficou quieto em seu banco, como se não tivesse nada com o assunto.

– Você, irmão, que está sentado na última fila – disse o pregador –, não quer ir para o céu?

– Sim, claro que quero – respondeu Isaac Birinbaum, sem perder a compostura. – Mas qual é a pressa?

REFERÊNCIA BÍBLICA

Nos tempos do stalinismo dois amigos judeus, Kalmanovitch e Shlosbergas, que viviam em Moscou, estavam uma noite tomando chá, o único luxo a que se entregavam. A certa altura disse o primeiro ao segundo:

– Amigo, Shlosbergas, cheguei à conclusão que Adão e Eva também foram comunistas.

– Por que comunistas? De onde você tirou essa idéia?

– Veja bem: ambos não tinham sapatos, nem meias, nem roupas nem mesmo calças, e o máximo a que almejavam era uma maçã – respondeu Kalmanovitch. – E ainda acreditavam estar no Paraíso.

O TALMUD

Conta-se que certo dia um judeu de uma pequena aldeia veio ver o seu Rabi.
– Rabi – disse com ar angustiado –, só ouço falar do Talmud e envergonha-me não conhecê-lo. Quero que me ensine.
O Rabi sorriu para ele.
– Não me leve a mal, mas você, como um camponês, nunca compreenderá o Talmud.
– Oh, Rabi, o senhor tem de me ensinar – insistiu o homem. – Por favor, ensine-me o que é o Talmud.
– Muito bem – disse o Rabi –, preste atenção. Se dois ladrões assaltam uma casa, entrando pela chaminé, e chegam à sala, um com rosto limpo e o outro com rosto sujo, qual deles irá se lavar?
O aldeão pensou e respondeu ainda meio hesitante:
– Naturalmente, aquele que tiver o rosto sujo.
– Está vendo – replicou o Rabi –, bem lhe disse que você, como um camponês, não compreenderá o Talmud. O do rosto limpo vê que o rosto do outro está sujo e, supondo que seu próprio rosto também esteja, corre a se lavar. Mas o do rosto sujo, observando que o seu colega está limpo, naturalmente julga que ele também esteja, e não se lava. Compreendeu?
O homem refletiu com vagar e finalmente seus olhos brilharam de satisfação.
– Então é isso! Obrigado, Rabi, muito obrigado. Agora começo a compreender o Talmud.
– Não, você ainda não começou a compreender – retrucou-lhe o Rabi de imediato. – Pois só um camponês acreditaria que, quando dois ladrões se enfiam por uma chaminé, só um deles suja o rosto.

NOMES JUDAICOS

São muito interessantes as traduções ou, melhor dito, as adaptações que certos nomes judaicos recebem entre nós e que, de certo modo, acabam aceitos e tornam-se populares. Os malabarismos empregados por seus autores são realmente estranhos. Uma curiosidade inesgotável sempre me fez ficar atento a eles, analisando-os e tentando desvendar-lhes as origens e as prováveis vinculações. A imaginação nesta área não tem limites. Acabei virando *expert* razoável no assunto.

Minha mulher, conhecendo meu antigo hábito, não se cansa de trazer-me os mais diversos casos, para que eu os destrinche convenientemente. Uma ocasião me perguntou:

— Você, que se considera um sabichão, me diga de onde vem o nome Vitor, usado por muitos patrícios. Não seria em homenagem a Vitor Hugo?

Não gostei da brincadeira e dei-lhe uma resposta séria e seca:

— Vitor vem do nome bíblico Avigdor.

O mesmo tipo de resposta, exata e precisa, lhe dei em relação a outros nomes que ela insistia em me trazer, quase como um desafio pessoal.

— Você sabe me dizer de onde vem o nome Benedito?
— Vem de Baruch.
— E Vidal?
— Vem de Chaim.
— Anselmo?
— De Ascher.
— E Godofredo?
— Vem de Eliaquim.

Passado mais algum tempo, ela me trouxe nova relação, desta vez de nomes femininos.

— Você pode me dizer de onde vem o nome Regina?
— Vem de Malque.
— E Beatriz?
— Vem de Brachá.
— E Flora?
— De Blima.
— Alegria?
— De Frida.
— Paloma?
— Vem de Taibe.
— E Dulce?
— Todo o mundo sabe que vem de Zissa.

E assim por diante. Como vêem, meu conhecimento nessa curiosa matéria de nomes tem de fato alguma substância. Outro dia, como minha mulher encontrasse uma conhecida sua, cujo nome é Shprintze, me sacou à queima-roupa, pensando me surpreender:

— De onde vem esse nome estranho? Shprintze é nome por acaso de origem bíblica?

— Shprintze vem de Esperança, nome comum entre judeus de dialeto ladino, e em hebraico é Tikva.

Ela ficou impressionada, e eu subi outra vez em seu conceito. Uma única ocasião, sou obrigado a confessar, vacilei com um par de nomes que ela me trouxe; acabava de conhecer uma moça e um rapaz, que eram irmãos entre si, de uma família judia.

— A moça se chama Jussara e o irmão, Airton – disse-me.
— Os nomes não são judaicos – afirmei tranqüilamente.

– Engano seu.
– Com esses nomes? Não são.
– Pois são. Comecemos pelo da moça. O nome Jussara é um nome legitimamente judaico.
– Ora, Jussara é um nome tipicamente índio – explodi. – Todos sabem disso.

Minha mulher não estranhou meu descontrole, pediu calma e acrescentou:

– Pois eu vou lhe dizer: Jussara é nome perfeitamente judaico. Quer ouvir a explicação semântica que recebi da própria Jussara?

Sem dar o braço a torcer, solicitei uns minutinhos para pensar. Se houver explicação, vou encontrá-la, refleti comigo. E cheguei a formular duas ou três hipóteses lingüísticas; porém nenhuma delas foi aceita, conforme indicavam seus acenos frenéticos de cabeça. Ainda fiz minha última tentativa.

– Pode ser que o nome Jussara provenha de Jusserl, com que se parece. O "J" aqui substituiu o "I". O nome original talvez fosse Iusserl, ou então Isserl, que, na verdade, é nome masculino e não feminino.

– Ora, não diga bobagens – ela cortou-me sumariamente a sapiência.

Tive de entregar os pontos:
– Está bem, então explique você.

O brilho de satisfação que se refletiu em seus olhos me pareceu, de alguma forma, cruel.

– Primeiramente preciso dizer que foi a mãe de Jussara quem lhe atribuiu o nome. Ela queria lhe dar o nome de Sara, conforme costume da família. Mas como as últimas "Saras" da família tiveram morte precoce, por isso, como uma boa *idishe mame*, ela resolveu não correr o risco e acrescentou o prefixo "Ju". Ficando portanto Jussara. Nome judaico, como se vê, e, mais do que isso, com excelente justificativa judaica.

– Vou ter de registrar este caso em meu caderninho – capitulei sorrindo. – Sem dúvida aí está uma novidade para mim. Isso é o que eu chamo de imaginação! E agora, quanto ao outro nome, o Airton, esse irmão de Jussara, por favor me diga depressa qual foi a tática empregada pela mãe.

– Desta vez a mãe não teve nada com isso.
– Quem teve?
– O pai.
– Que família fabulosa! Qual foi a tática empregada?
– Para dizer a verdade, não houve tática alguma. É que ele, o pai, admirava muito certo jogador de futebol, não me lembro de que clube, e resolveu atribuir ao filho o nome daquele jogador. Daí, Airton. E quer saber de uma coisa? O nome, para mim, até que soa bem judaico.

Durante um mês inteiro não troquei mais com ela nenhuma palavra sobre esse assunto de nomes judaicos. Achei por bem nos abstermos por um período mínimo.

GLOSSÁRIO

Alef: a primeira letra do alfabeto hebraico.
Ashkenazi (plural: *ashkenazim*): judeu de origem alemã e, por extensão, todo judeu da Europa oriental e central.
Baal-Tefilá: o oficiante das rezas.
Balebos (plural: *balebatim*): forma *idish* de *baal-beit*. Dono de casa e, por extensão, proprietário, burguês, senhor da terra.
Bar mitzvá: solenidade pela qual passa o menino judeu, aos treze anos, quando ingressa na maioridade religiosa.
Baruch-habá: saudação hebraica de boas-vindas.
Bas: forma *idish* de *bat*, filha.
Beheime: no sentido pejorativo, animal, besta.
Boré Olam: criador do mundo.
Brachot (singular: *brachá*): bênçãos.
Cabala: designação do sistema místico-filosófico que se originou entre os judeus da Espanha, no século XIII.
Captzonim (singular: *captzn*): pobretões.
Casher: ritualmente puro.
Drec: merda.
Duvid Hamelech: Rei Davi.
En sof: literalmente, sem fim.

Eretz (de Eretz Israel): Terra de Israel.
Erev-Shabat: noite de sexta-feira, iniciando o sábado.
Ferd: cavalo.
Ganovim (singular: *ganev*): ladrões.
Goim (singular: *goi*): gentio, pagão, também usado para designar o não-judeu.
Gotenhu: diminutivo de Deus, em sentido carinhoso.
Guefilte-fish: prato judaico, peixe recheado que se serve aos sábados ou dias festivos.
Gut morgn: bom dia.
Gvald: interjeição com o sentido de socorro.
Hanucá: solenidade judaica que comemora a festa dos macabeus, Festa das Luminárias.
Hazan (plural: *hazanim*): cantor de sinagoga.
Idish: idioma dos judeus da Europa Oriental, produto do médio e alto alemão do século XVI, escrito em caracteres hebraicos; incorporou também, em percentagem elevada, vocabulário de origem hebraica e eslava.
Idishe mame: mãe judia.
Idisher boher: rapaz judeu.
Iom-tov (plural: *iomim-tovim*): designa feriado judaico.
Ivrit: hebraico.
Izkor: oração pelos mortos que se diz na sinagoga, após a leitura da Torá, em ocasiões especiais.
Kadish: oração pelos mortos, que o parente mais próximo recita junto à sepultura do falecido, bem como em todos os dias durante um ano e em todos os aniversários da morte.
Mame-loshn: língua materna.
Meivin: conhecedor, perito.
Meshugoim: loucos.
Meshuguener velt: mundo louco.
Mitzva (plural: *mitzvot*): dever, boa ação, mandamento.
Moishe Rabeinu: Moisés, nosso mestre.
Naches: felicidade, satisfação, orgulho.
Nigun: melodia.
Oi vei captzonim: ai dos pobretões, coitados dos pobretões.
Pessah: Páscoa hebraica, festa da liberdade.
Rabi: título dado, especialmente pelos *hassidim*, aos guias espirituais da comunidade.
Sefaradi (plural: *sefaradim*): judeu espanhol ou português; posteriormente, por extensão, passou a designar todo judeu da Europa Ocidental, os judeus da Síria, do Líbano, do Egito etc.

Shabat: sábado.
Shames: zelador ou bedel da sinagoga.
Shequet (do hebraico): silêncio.
Shiva: período de luto.
Shomer Israel: guardião de Israel.
Shtetl: cidadezinha, aldeia, em *idish*. Designa especificamente os pequenos aglomerados urbanos em que, durante um largo período, viveram os judeus da Europa Oriental.
Talit: xale ritual, de seda ou lã, com franjas na ponta, usado pelos judeus nas cerimônias religiosas.
Talmud: o mais importante livro dos judeus, após a Bíblia. A coletânea talmúdica constitui verdadeira enciclopédia de legislação, folclore, lendas, disputas teológicas, doutrinas e tradições judaicas. Divide-se em Talmud de Jerusalém e Talmud de Babilônia, segundo o lugar em que foi redigido. Subdivide-se em Mishná e Guemará, cada qual com diversos tratados e ordens.
Vaiber: mulheres.

OBRAS DO AUTOR PUBLICADAS
PELA EDITORA PERSPECTIVA

- Sessão Corrida: Que me Dizes, Avozinho?
- Crônicas de meu Bairro
- Bom Retiro
- Nossas Outras Vidas
- Adeus Iossl

Impresso nas oficinas da
Gráfica Palas Athena